KB122179

여행

없는

여행

여행
없는
여행

마
고
캐
런

가지
KINDS
BOOK

자기 사랑이 서툰
세상의 여행자들에게 바칩니다.

여행을 할 때면 문득문득 지나온 시간들을 글로 남기고 싶다는 충동적인 욕구가 일기도 했다. 떠날 때 가져갔던 묵은 기억들은 몸으로 흘러든 새로운 길에 휩쓸려 엉겨 가라앉거나 흩어져 옅어졌다. 새로운 세계는 과거를 흔적도 없이 집어삼킨 듯했고, 잠시 잠깐 나는 '이젠 끝났다'거나 '정리됐다'는 식의 자조적인 위안을 하며 낯선 길에서 다시 익숙한 길로 돌아왔다.

나는 왜 글을 쓰려고 했을까. 지나온 시간을 잊기 위한 여행이었을 터. 그럼에도 난 왜 기록하는 데 집착했던 것일까. 어설픈 글 실력으로 펜을 쥐고 써내려간 여행의 기록을 내 삶의 모퉁이에 가둬놓고 산 지 12년이 흘러서 다시 노트를 펼쳐든다. 긴 시간이었다. 삶이 여행이고 여행이 곧 일상이었다고 감히 말할 수 있는 세월을 산 끝에, 나는 여전히 '왜 떠나는가'에 대한 질문에 막혀 버둥거리고 있다. 그런 내 자신을 납득시키기 위해 다시 글을 쓴다.

아파서 떠났다.
그게 여행의 시작이었다.

더 솔직해지자면, 여행마저 위로가 될 수 없다면 도저히 살아갈 자신이 없었기에 여행이라는 문밖세상으로 내 삶을 도피시켰다. 여행이 위로가 되어야 했으니 배낭을 짊어 멘 심정은 위태위태한 집착에 사로잡혔다. 이번에는 분명 묵은 기억의 짐들을 풀어버리고 올 수 있으리라는 막연하고 외로운 기대는 번번이 무너졌으나, 나는 또 번번이 다시 일어나 길을 나섰다.

길이 아무리 아름다워도, 걷는 자는 투박한 자갈길을 걷는 기분이었다. 그러나 시간의 길 위에서 굳은살이 차고 떨어져 나가기를 반복하는 동안 스스로를 찔러대던 모난 마음도 조금은 깎인 모양이다. 이렇게 시간을 더듬어 다시 책상 앞에 앉을 수 있었으니.

산더미처럼 묵은 기억들을 걷어내 물에 불리고 치대기를 반복한 끝에 더 선명해지는 나의 이야기와 감정들을 마른 하늘아래 빨래처럼 널어보고 있다. 순간순간 그때의 나를 다시 본다. 사건 하나하나를 떠올릴 때마다 기쁨과 슬픔, 놀라움과 두려움, 엄숙함과 외로움의 감정들이 교차하고 뒤섞였다 흩어지기를 반복한다. 한걸음 떨어져서 과거를 바라보니 이제야 내가 조금씩 성장해온 여행의 역사가 보인다.

'여행 없는 여행'을 해왔다 생각한 나는 이 글을 써가며 조금씩 깨닫게 되었다. 여행이 없었던 게 아니라 정작 없었던 것은 나 자신이었다는 것을.

내 삶을 특별하게 만들어준 나라들이 있다. 이야기는 대부분 이들 나라로부터 시작되고 끝이 난다.

인도, 독일 그리고 아이슬란드.

인도는 죽고 싶어서 떠난 순례여행길에서 살 수 있도록 희망을 준 나라이며, 독일은 여행의 속도를 바꾸고 여행의 온도를 내릴 수 있도록 변화를 준 나라이다. 그리고 이야기의 시작과 끝이 될 아이슬란드는 나의 파랑새가 어디에 있는지, 삶의 본질을 깨닫게 해준 나라이다. 이 책에서는 지금껏 다녔던 그 외의 수많은 나라들을 과감히 제외했다. 오직 '여행 없는 여행'으로부터 나를 돌려세워 의식의 흐름대로 글을 써내려갔다.

이리저리 방황했지만, 책상머리에 앉아 생각해보니 결

국 여행을 통해 내 모든 시간의 역사가 정리되었음을 인정해야겠다. 그 시간들이 글이 되어 구체적인 기억으로 완성되어간다. 쓰면서 깨닫고 깨달으면서 또 쓰기를 이어간다. 첫 번째 책 출간 이후 이렇게 오랜 시간이 걸릴 것이라곤 생각지 못했다(독자들에게 소개하기에도 너무 오래 전에 독일에 관한 책을 한 권 낸 적이 있다). 이 책을 준비하면서 내 지난 여행의 시간들을 스스로 이해하고 사랑할 수 있게 되었다는 것이 가장 큰 성과가 아닐까 싶다.

Travel makes you happy!

책을 쓰면서 생각했다. 여행을 멈추었을 때도 행복할 수 있는 여행이 진짜 여행이라는 것을. 흔히들 행복하기 위해서 여행을 떠난다고 한다. 그러나 당신이 향하는 그 어느 곳에도, 당신이 보려고 한 그 무엇에도, 찾고 있는 행복은 없을 것이다. 다니다보니 행복은 인간의 욕망대로는 안 된다는 것을 알았다. 모든 욕망을 내려놓고 지금 상태 그대로 행복할 준비가 되어 있지 않다면 어떤 여행도 텅 빈 공터를 배회하는 기분으로 끝나버릴 것이다.

마음만 먹으면 우리는 일상도 여행자처럼 살 수 있다. 주어진 환경을 있는 그대로 받아들이고 그 안에서 소소한 즐거움을 찾을 수 있다면, 행복은 언제나 우리 마음 안에서 태양처럼 빛날 것이다.

이 글이 한 번은 떠나보았거나, 지금 떠돌고 있거나, 앞으로 떠나려는 모든 이에게 '여행 있는 여행'으로의 작은 나침반이 되길 바래본다.

2020년 6월
사유하는 여행자 캐런 드림

PART 4.

마음의 고요를 위한 사색

PART 5.
치유가 필요한 시간들

죽은 자를 위한 도시가 나를 살렸다.

매일 수백 명의 주검이 바라나시 골목으로 들어오지만

그것을 지켜보는 산 자들의 표정은 똑같다.

우리 모두는 언젠가 저 연기처럼 사라질 인생을 살고 있다.

그렇다고 죽어도 좋을 장소는 어디에도 없다.

PART 1.

여행 없는 여행

아이슬란드에서 떠올린
제주 바다

여행은 미친 짓이다.

이곳 아이슬란드까지 와서 제주바다를 떠올리다니!

어쩌다 이곳까지 날아든 걸까…. 다시 날지 않아도 되는데 이름 없는 새처럼 또 홀로 찾아든 섬이다. 더 이상 여행의 거리와 자연풍경은 큰 의미가 되지 못하고 있다. 멀리 떠나오면 올수록 그리움에 떠밀려 난 벌써 돌아갈 채비를 한다.

겨울의 아이슬란드는 오전 11시가 되도록 어둑하고 오후 4시만 되면 해가 지면서 다시 어두워진다. 멍하니 하루를 보내기엔 너무 짧은 여행자의 시간. 오늘 밤엔 별이라도 좀 보였으면 좋으련만 잔뜩 찌푸린 날씨를 보니 천공의 성운을 보기엔 글렀다 싶다. 예상치 못하게 여행의 기대가 무너질 때면 허탈함에 두 다리가 묵직해짐을 느낀다. 이럴 때는 잠시 쉬어가야 한다. 차가운 맥주 한잔에 묵은 기분을 시원하게 털어버려도 좋다. 길에서 마주치는 사람과 도시의 풍경이 이국적이긴 하지만 여행자의 눈에는 그렇다고 딱히 특별한 무언가로 느껴지지도 않는다.

우선 검푸른 빛깔의 고요한 수평선과 대비되는 아득한 산의 설경을 담아 한 컷 찍고 휴대폰을 접는다. 그리고 걷는다. 바다가 담긴 엽서 같은 풍경을 찢어버리고 싶을 만큼 나의 여행도 이제 지겹다. 바다는 태초에 존재했던 그대로 변함없이 넓고 자유롭지만 그것을 바라보는 여행자의 마음이 어느새 닫히고 시선도 막혀버렸다. 나는 아이슬란드의 눈밭 이곳저곳을 뛰어다니며 환호성을 질러보았다. 좋아서라기보다 여행자로서의 의무감이랄까, 이 순간을 추억해야만 한다는 여행에 대한 책임감이랄까.

수면 위로 얼어붙은 1월의 얼음장보다 더 차가운 내 마음이 비집고 올라온다. 이 바다에서 제주도의 겨울바람이 느껴진다고 말하면 내가 이상한 걸까? 피부를 할퀴고 지나가는 매서운 바람, 그 바람에 실려 온 바닷내음, 깊고 어둡게 가라앉은 검푸른 바다의 빛깔까지 모두 제주도를 닮았다.

'이제 멀리 가려 하지 말고 제주도로 가자.'

2010년 겨울, 온 국민이 설날 귀경길에 오를 때 나는 캐나다행 비행기에 몸을 실었다. 혼자인 내가 부릴 수 있는 사치가 있다면 이런 날 훌쩍 떠날 수 있는 자유로움을 가장 먼저 꼽을 수 있을 것이다. 여행자라면 누구나 한번쯤 꿈꾸는 오로라를 보기 위해 나는 비행기에 올랐다.

"밤하늘이 예쁘면 얼마나 예쁘다고, 사막에서도 별과 은하수는 예술인데. 굳이 추운데 무슨 고생을 하겠다고 거기까지 가니?"

정말 그럴까? 여행을 하다보면 알게 된다. 가보지 않고 섣불리 얘기해서는 안 된다는 것을. 사막의 하늘과 영하 39도 북극의 하늘은 깊이와 색감이 완전히 달랐다. 추위에 약한 나는 삼중내의를 여러 벌이나 챙겨 떠났지만 상상도 못한 추위가 옷의 두께를 뚫고 피부를 지나 뼛속 깊숙이까지 찔러댔다. 현지에서 추가로 제공한 방한복이 아니었다면 동상에 걸렸을 것이다.

아이슬란드에 오기 전까지 오로라 여행을 다섯 번은 했다. 캐나다와 미국에서 총 16박을 계절을 달리하며 여행했지만 오로라를 제대로 본 건 캐나다에서의 하룻밤뿐이었다. 이전에 경험해보지 못한 추위를 이기며 올려다본 캐나다 옐로나이프의 하늘이 내 인생의 버킷리스트 목록을 바꿔놓았다.

자연의 아름다움은 끝이 없고 여행자의 욕망도 마를 틈이 없다. 잠깐이지만 제대로 본 그 한 번의 오로라(레벨 6˚)

에 대한 기억을 갖고 다시 도전한 아이슬란드 겨울여행. 그러나 막상 빙하의 섬에 와보니 기상악화로 오로라는커녕 하늘의 별빛 한 조각도 보기 힘들었다.

비록 반짝이는 별도, 환상적인 오로라도 못 보고 이렇게 폭풍 속에서 검은 바다를 향해 함성만 지르다 가게 되더라도 나는 이 섬을 오래 기억하게 될 것이다. 이번이 나의 마지막 아이슬란드 여행이 될지라도 제주도를 생각하며 위로받을 수 있을 것 같다. 나는 이제 밤하늘의 아름다운 변화에는 관심이 없어졌으니까.

일탈이 끝난 여행.

그 끝자락에서 다시 시작하는 여행.

모르고 길에서 헤맨 시간들을 이제는 돌리고 싶다.

⊙ 밤하늘에 펼쳐지는 무지갯빛의 화려한 정도에 따라
오로라는 최저 레벨 1에서 최대 레벨 10까지 점수가 매겨진다.

나는 사라지고 싶었다

어디서부터일까. 언제부터였을까.

어떤 두려움으로 인해 나는 장례식에 가지 못하게 되었다.

그러다 보니 지인들의 부고는 늘 내 인생에 당황스러운 소식이었다. 지금은 바쁘다는 이유로 조의금만 보내는 것으로도 예의를 다할 수 있지만 나는 아버지의 장례식에조차 참석하지 못했을 정도로 죽음에 대한 공포감이 심했다. 어쩌면 살아서 참석하는 누군가의 장례식보다 스스로 사라지고 싶다는 생각을 오래전부터 했기 때문인지도 모른다.

'사라지고 싶다고?'

그렇다. 여기서 사라진다는 것은 죽음을 의미한다. 죽음에 대한 갈망과 공포가 가장 극단으로 치달은 것은 서른 초반에 인도여행을 결심했을 때이다. 인도를 여행하면서 더 깊이, 더 자주 삶과 죽음에 대해 생각했다. 사는 데 진이 빠져 위로삼아 신앙을 찾았고, 그렇게 흐르고 흘러 순례자의 길을 따라 나섰다.

인도는 일상이 종교이면서 인간의 삶 자체가 철학이라 불리는 곳이다. 삶과 죽음의 경계에서 방황하는 젊은 청춘들에게 이보다 더 매력적인 나라가 있을까. 그 매력에 빠져 지금까지 세 번 정도 인도를 다녀왔다. 첫 번째 여행은 80일간 불교성지를 순례하기 위한 순례자여행이었고, 두 번째는 현지에서 6개월 살아보기 위한 체류여행이었다. 그리고 마지막에 다녀온 인도는 죽음과 삶에 대해 한 걸음 물러나서 생각할 여유가 생겼을 때 다시 찾은 쉼표여행이었다.

"이제 한국에서 못 살겠어요. 곧 스페인으로 떠나려고 해요."

2002년 봄. 겨우내 잠든 나무에서 싹이 나고 꽃이 피는 시기였지만 마음이 닫힌 내 삶은 하루하루가 고달팠고 결국 한국을 떠나기로 마음먹었다. 떠나기 전에 마지막으로 스님께 인사를 드리려고 찾아갔는데 10일간 수행을 해보라고 권하셨다. 기간을 다 채우지 못할 줄 알았던 내가 약속된 수행을 마치고 돌아갈 채비를 하자 스님은 스페인 말고 인도에 가보라고 하셨다.

"인도? 왜 갑자기 인도예요?"

"인도는 가봐야지."

나는 무엇에 홀린 사람처럼 스페인 항공권을 취소하고 행선지를 변경했다. 어차피 가는 성지순례라면 부처님 탄생지인 룸비니 동산부터 여행을 시작해야겠다는 생각에 네팔 카트만두로 도착해서 인도 델리에서 귀국하는 항공권을 구매했다. 막상 도착해서 보니 순례여행길이 심상치 않을 거라는 생각이 들었다. 네팔에서 인도 국경을 넘으면서부터 너무나 다른 문화 차이에 한 달간 입에 욕을 달고 살다시피 했다. 네팔과 달리 내가 처음 본 인도는 이방인에 대한 배려가 전혀 없었다. 성지순례라는 목적만 아니었다면 일주일을 참지 못하고 귀국했을 것이다.

거대한 인도대륙을 돌면서 8대 불교성지를 둘러보는 것만도 한 달 남짓 걸렸다. 도로교통은 열악한데 도시 간 이동거리도 너무 길었다. 계획한 일정대로 되는 것이 하나도 없고 기차나 버스 같은 대중교통도 툭하면 지연되거나 고장이 나서 내 일정은 길에서 엉망이 되어갔다. 여행하는 몸까지 고단해지니 괜히 왔다는 후회가 밀려들었다. 거리는 오물과 쓰레기로 넘쳐서 걷는 불편함보다 보는 내 눈이 더 피곤할 정도였고, 현지 요금은 고무줄처럼 체계가 없었다. 과연 계획대로 순례지를 모두 돌아볼 수 있을지 걱정이 되었다.

어쨌든 인도까지 왔으니 8대 성지만이라도 보고 돌아

가자는 오기로 버텼다. 그렇게 한 달이 지나자 마지막 장소를 찾아가는 날이 왔다. 새벽부터 긴 호흡으로 몸에 기합을 넣고 인도에서도 가장 열악하다는 도시 바이샬리^{Vaishali}를 향해 비포장 시골길을 달렸다. 성지와 성지 사이의 이동거리가 현재 인도의 교통사정으로도 1박2일이 넘게 걸리는데, 2천 년 전 사람들은 이동하는 자체가 고행의 시작은 아니었을까. 순례자가 되어 다녀보니 저절로 알게 되는 것들이 있다.

바이샬리까지 언제 도착할지 모르지만 로컬버스를 타고 다시 터미널에서 릭샤로 갈아타면서 먼지 속을 달리고 또 달렸다. 마지막 성지인 바이샬리 사원에서 108배를 끝내니 정말 알 수 없는 희열이 올라왔다. 드디어 목표를 달성했다는 마음에 사원 뒤에 있는 보리수나무 그늘 아래에 벌러덩 누워버렸다. 나도 모르게 지쳐서 깜빡 잠이 들었고 꿈까지 꿨다. 동트기 전에 숙소를 나왔는데 정오의 태양 볕이 뜨거워 잠에서 깼다.

그런데 이때부터 이상하게 마음이 평화로워지더니 인도인들이 흔히 하는 "샨티, 샨티[◉]"라는 말이 입에서 절로

◉ 산스크리트어로 '마음의 평화'를 의미. 만나는 사람 누구에게라도
   평안을 빌어주며 인사처럼 자주 쓰는 말이다.

흘러나왔다. 델리로 돌아가서 이제 한국으로 갈 일만 남았구나 생각하니 지나간 모든 시간들도 참고 견딜 만했다는 생각이 들었다.

인도에서 여행자로 살면서 고집을 부리거나 욕심을 내는 건 어리석다. 이방인의 눈에 보이는 것이 전부는 아니다. 현지인들의 눈빛을 볼 수 있어야 하고 그들을 배려할 줄 알아야 한다. 사실 내 태도가 그렇게 바뀌기까지도 28일이나 걸렸다. 여행 내내 신경질적이었던 나는 성지순례가 끝날 무렵에야 길에서 만나는 누구와도 편안하게 인사를 나눌 수 있게 되었다. 길을 걸을 때마다 달라붙어 구걸하는 아이들도 그때부터 귀여워 보이기 시작했다. 인도 사람들은 거리의 영어라도 완벽하다. 숙소 리셉션의 청년들은 편안한 얼굴로 담배를 피면서 BBC 방송을 보고 있다. 피곤하게 도착한 여행자의 짜증은 체크인을 하면서 이미 기가 죽는다.

시골길을 걸어가는데 멀리서 아기 울음소리가 요란하게 들려서 사람들이 모인 쪽으로 발길을 옮겼다. "아니 아기가 이렇게 땀까지 흘리면서 우는데 병원에 안 가세요? 얼른 병원으로 데리고 가야 할 것 같아요." "아까 먹인 게 잘못된 것 같은데 이렇게 배를 문질러주면서 기도하면 괜찮아져요." 엄마는 아이의 울음에도 별 동요 없이 오일로 그 작은 몸을 마사지만 해줄 뿐이었다.

　걱정스럽게 바라보고 있으니 아이 아빠는 신에게 기도하고 가족이 사랑해주면 금방 낫는다고 웃으며 말한다. 신기하게도 시간이 지나자 조금 전까지 죽을 듯이 울던 아이가 생글생글 웃고 있다. "아니 몸에 바른 게 뭔데 이렇게 금방 좋아지죠?" "신이 주신 아유르베다◉ 오일이에요."

　이처럼 인도인의 삶에는 곳곳에 놀라운 일들이 잠재해 있다. 멀리 병원에 가는 것보다 가까이 있는 신에게 기도하고 믿음을 가지며 정성을 다한다. 삶과 신앙이 분리되지 않고 조화를 이뤄 살아가고 있는 나라, 그곳이 내가 본 인도였다.

◉　Ayurveda. 인도 전통의학으로 5천 년 역사를 가지고 있다.
　허브와 오일을 이용해 개인의 체질에 맞게 몸과 마음의 건강을 찾아주는
　대체의학이며 오래전부터 사용된 고대 힌두교의 건강관리법이기도 하다.

바라나시의
주검과 죽음 사이

"이렇게 혼자 돌아다니면 너희 아버지는 아무 소리 안 하니? 왜 가족과 함께 여행하지 않니?"

인도를 여행하며 가장 많이 들었던 질문이다. 아는 만큼 보이는 것이 여행이라고 한다. 그들은 여자 혼자 배낭을 메고 밖을 돌아다니는 것을 이해하지 못한다. 인도인들 눈에는 나 같은 여행자가 무척 낯설다. 결혼하지 않은 어린 딸자식이 혼자서 놀러 다니는 것 자체를 상상하지 못하기 때문이다. 인도에서 여행이란 가족 단위로 움직이는 것을 의미한다.

나는 한 달여간의 성지순례가 끝나자마자 델리공항이 아닌 바라나시 Varanasi 행 투어리스트 버스를 예약했다. 순례가 끝나면 바로 귀국할 생각이었지만 인도인들이 가장 신성시하는 갠지스강에 다시 가보고 싶어졌다. 며칠 전에도 지나갔던 비포장도로를 먼지 날리며 다시 달리고 있지만 버스를 탄 여행자의 마음이 다르다. 열악한 도로환경과 눈앞에 펼쳐지는 '인도판 삶의 현장'은 같은데, 여행자의 마음이 열려 현실의 눈이 아닌 마음으로 그들을 다시보기 시작했다. 얼마나 달렸는지 모른다. 이제 인도는 길에서도 공부가 된다. 그 거친 길에서 눈을 부드럽게 뜨기는 힘들지만 마음만은 부드럽게 가질 필요가 있다. 정말 편한 여행을 원한다면 인도에 가서는 안 된다.

처음 도착한 바라나시의 미로 같은 골목은 아무리 내가 좋아하는 인도라도 가히 충격적이었다. 어지간한 비위의 소유자가 아니라면 한 시간도 못 견디고 뛰쳐나가고 싶은 도시일 수 있다. 인도를 마음으로 사랑하지만 바라나시를 처음부터 마음껏 좋아하긴 힘들었다. 실제로 이곳 사람들에게 외부인은 세 부류로 나뉜다고 한다. 이곳에 금방 흠뻑 빠져서 사는 여행자와 환상을 가지고 막 도착한 여행자, 그리고 놀라서 도망가는 여행자이다. 바라나시가 왜 그런 다양한 모습으로 존재하는지는 전적으로 여행자의 몫이다. 그럼에도 이 골목에 머물러보지 않은 여행자는 인도를 여행한 것이 아니다.

강가에서 일출을 보고 늦게 일어나 아침을 먹으러 식당에 갔는데 음식을 나르는 청년들이 대화하는 소리가 들린다. "글쎄 어제는 금발의 여인이 뉴욕 맨해튼 거리나 걸을 복장으로 이 골목에 나타났지 뭐야. 그렇게 높은 하이힐에 흰색 옷까지 입고 바라나시에 오면 어쩌겠다는 거야. 게다가 이 개똥소똥도 많은 골목에 그 무거운 캐리어를 두 개나 끌고 들어오더라니까." "그래서 그녀는 어디로 갔는데, 오늘도 봤어?" "일출 보려면 일찍 일어나야 하는데 여태 안 보이는 거 보면 곧 떠나려고 짐 싸고 있을 걸."

그들은 바라나시 골목을 걸어 다니는 여행자의 행색만 보고도 언제 이곳을 떠날 사람인지 안다고 한다. 여행자와 굳이 이야기해보지 않아도 천년의 고도 바라나시에 사는 사람들 눈에는 여행의 유효기간이 보인다는 것이다. 나 역시 처음에는 갠지스강에 대한 환상만 가지고 도착한 초보 여행자라 이틀을 버티지 못하고 이 도시를 떠났다. 그 뒤로 짧게, 자주 머무르는 꾀를 부리다가 다섯 번쯤 가니까 제정신을 가지고 웃으면서 바라나시 골목을 걸어 다닐 수 있게 되었다.

그런 나도 바라나시에서 여전히 이해할 수 없는 여행자 유형이 하나 있다. 어떤 복장도 헤어스타일도 이해가 되지만 그 골목을 맨발로 걸어 다니는 외국인 여행자는 지금 생각해도 충격적이다. 시원한 대리석 바닥도 아니고 숲향기 나는 산길도 아닌데 인도에서도 가장 지저분한 골목을 맨발로 걸어 다니는 그 멘탈은 도저히 못 따라가겠다. 나는 갠지스강에서 두 발을 꺼내 씻는 것도 큰 맘 먹고 심호흡을 하면서 했는데 말이다.

숙소에서 5분만 걸어가면 갠지스강이었다. 매일 아침 일출 사진을 찍기 위해 강가로 나갔다. 화장터 사진을 리얼하게 찍고 싶은데 보트를 타고 가야만 가까이에서 볼 수 있어서 하루는 가이드투어에 합류했다. 여기 사람들은 죽어서 이 강가에서 화장을 하는 게 큰 소원이라는데 도대체 왜 그럴까? 가이드는 이미 많이 받았던 질문이라서인지 보트에 타자마자 설명해주었다. 힌두교도들은 육신을 태운 재를 이곳 갠지스강에 뿌려야 윤회하지 않는다고 믿기 때문이라고 한다. 불교와 힌두교 수행의 공통점이자 최종 목적은 다시 태어나지 않는, 즉 윤회를 이승에서 완전히 끝내는 것이다.

보트는 강에서 일출을 본 후 화장터를 향해 천천히 이동한다. 저 멀리 한 무리의 사람들이 제법 많이 모여 있는 게 보인다. 아직 연기가 나지 않는 걸로 봐서 시체가 이제야 도착한 모양이다. 배가 화장터 가까이로 다가가자 장작더미를 둘러싸고 주홍색과 흰색 가사를 입은 사람들이 화장 전 힌두의식을 진행하고 있었다. 곧 불길이 치솟기 시작했다.

가이드는 피어오르는 불길을 보며 설명을 이어간다.

"저기 시체를 태우는 집안은 상당히 부자예요. 저 정도 불길이 올라오려면 나무를 많이 쌓아야 해요. 서민들은 나무 살 돈이 없어서 저런 불길은 보기 힘들어요. 대부분의 시체는 온전히 다 타지도 않은 채 강 속에 던져지죠. 그러나 돈이 많은 사람도, 돈이 없는 사람도 죽으면 모두 이곳에서 똑같은 절차로 화장을 한다는 점에서는 평등한 셈이에요. 다만 장작의 양이 빈부의 차이를 보여주죠. 죽기 전에 내 몸 태울 장작 값이라도 벌어놓는 게 꿈이라면 꿈이지만 서민들에게는 쉽지 않은 일입니다. 그러나 바라나시에서 죽음을 맞이할 수 있다는 것만으로도 행복하다 할 수 있어요. 멀리 사는 사람들은 이곳까지 올 엄두조차 못 내니까요. 모두 돌아가신 저분을 축복해주세요."

천 년 이상 같은 곳에서 같은 방식으로 시체를 태우고 또 태우며 윤회의 끝을 잡는 사람들. 종교의 힘은 참으로 놀랍다. 생활이 종교 자체이고 힌두교가 삶의 철학인 이들이 바라보는 갠지스강은 언제나 신성한 성수 그대로다. 비록 타다 만 주검이 던져진 강물을 생명수로 하루하루의 삶을 이어가고 있을지라도.

화장터를 뒤로하고 보트가 돌아와 닻을 내릴 때까지도 불길은 내내 타오르고 있었다. 저 불길조차 부의 상징이라면 내 인생의 불은 어떻게 태워야 하나. 나의 주검을 연소시킬 인생의 마지막 불꽃은 무엇인가. 처음 보는 화장터 연기도 아닌데, 그날따라 가이드의 말이 가슴을 후벼 팠다.

바라나시 화장터는 사람이 드나들지 않으면 화장터라는 생각조차 하기 힘들다. 하루에도 수많은 주검이 들어가서 태워지는 곳으로 힌두교도들에게는 신성한 공간이지만 외부인의 눈에는 쓰레기 소각장보다 못해 보일 수 있다. 내게는 그 정도까지는 아니라도 끊임없이 죽어나가는 육체들을 목도하고 있자니 내내 마음이 불편했다.

애초에 죽음을 생각한 여행이었으나 죽음이 넘쳐나는 이곳에서 정작 나는 죽고 싶지 않았다. 갠지스강으로 던져지는 타다 남은 시체처럼 내 이야기를 끝내고 싶지 않았다. 보트가 망자의 흔적을 찾아 물결 따라 더 가까이 흘러갈수록 삶을 향한 질긴 애착이 내 육신을 휘감으며 강 밖으로 끌어내고 있었다. 나는 정말 죽고 싶지 않았다.

'죽고 싶어서 다시 왔는데 이곳에서 주검으로 남겨질 자신이 없네요. 차라리 한국에서 화장한 후 이곳에 뿌려질지언정 일단은 돌아가야겠어요.'

죽은 자를 위한 도시가 나를 살렸다. 갠지스강변 마을

에 머무르는 동안 매일 강가를 채우는 메케한 연기를 보면서 나는 살아나고 있었다. 삶과 죽음이 공존하는 바라나시에 오면 많은 생각이 정리된다. 주검이 되기 전까지는 죽음이 아니다. 매일 수백 명의 주검이 바라나시 골목으로 들어오지만 그것을 지켜보는 산 자들의 표정은 똑같다. 우리 모두는 언젠가 저 연기처럼 사라질 인생을 살고 있다. 그렇다고 죽어도 좋을 장소는 어디에도 없다. 나는 인도의 대지와 그들의 영혼 앞에 절로 고개가 숙여졌다.

떠나서야 알게 되는 것들

인도에서 여행하는 동안 가장 많이 만난 여자 여행자는 이스라엘인이다. 이스라엘에서는 여자들도 입대를 해야 하는데 제대 후 가장 가고 싶어 하는 나라 0순위가 인도라고 한다. 이유는 잘 모르겠다. 어쨌든 20대 청춘 여성들도 혼자 다닐 수 있는 곳이 인도라면, 당시 30대에 이미 43개국을 여행하고 44번째 나라로 인도에 도착한 내가 무엇이 문제였겠는가.

군대에서 억눌렸던 혈기를 여행으로 발산하려는 이스라엘 소녀들은 달랑 가이드북 하나에 의지한 채 씩씩하게 인도 땅에 발을 들인다. 군기 잡힌 여성들은 용감했고 행동도 거침이 없었다. 개중에는 억눌린 성적 욕구를 해소하거나 이스라엘에서는 경험하기 어려운 환각물질을 경험해보려는 어린 친구들도 있었다.

세계여행을 하면서 숙소나 길에서 가장 많이 만난 여행자는 독일인이다. 과연 독일 언니들은 어떻게 하고 여행을 다닐까. 독일인은 겉으로 봐서는 부자인지 아닌지 절대 알 수 없다. 너무 수수하다 못해 지구별에 불시착한 홈리스 homeless처럼 하고 다니는 사람도 많다. 시골에서 자란 나조차 도저히 못 잘 것 같은 인도 시골집에서도 편안하게 잘만 잔다. 그리고 추운 사막에서도 텐트 하나 펼쳐놓고 밤하늘을 이불삼아 동화책에 나오는 소녀들처럼 잠들기도 한다. 처음에는 그들이 돈이 없어서 거지여행을 하는 줄 알았다. 기본적으로 외모에 신경도 안 쓸 뿐더러 식비도 초절약하며 토끼처럼 풀만 먹는다. 그러나 맥주를 구하기 힘든 인도에서 술값만큼은 아낌없이 쓸 줄 아는 멋진 언니들이다.

여행하는 사람들은 모두 저마다의 이유가 있겠지만 독일인의 경우 여행 자체가 삶의 일부분인 것처럼 하고 다니는 친구들을 많이 봤다. 겨울이 되면 스키를 타고 여름이면 산과 들로 하이킹을 떠나듯 그들에게 여행은 그리 특별할 것 없는 일상 같았다.

유러피언들 중에서 가장 낯설게 느껴지는 여행자는 어디로 갈지 목적도 시간도 정하지 않고 무작정 떠나고 보는 히치하이커들이다. 어릴 때부터 여행이 익숙해서인지 미지의 세계로 서슴없이 뛰어든다. 그리고 별 불평불만 없이 그곳에서 완벽한 그들만의 시간을 즐길 줄 안다. 가진 경비의 많고 적음에 관계없이 경험을 위해 자신 있게 지출하고 확실하게 본인들의 문화적 자산으로 가져간다.

내가 생각하는 여행자의 패턴과 달리 그들의 여행은 언제나 신나는 모험과 도전으로 변화무쌍했다. 그 변화만큼 아마 돌아가서의 삶 또한 아주 자유로울 것이다. 길에서 만난 히치하이커들은 언제나 동행이 있거나 혼자 다녀도 동행을 만드는 기술이 있었다. 여행을 통해 배운 또 다른 매력이다.

미국 여행자들은 표 나게 시끄럽고 여러 명이 같이 다니면서 어울리는 특징이 있다. 지구상에서 가장 잘사는 나라여서일까, 여행지에서 목소리도 크고 호기심인지 불평불만인지 말이 많은 사람을 보면 대개가 아메리칸이다. 그들끼리 교류하는 정보도 많고 현지 적응도 빠르지만 언제나 시끌벅적하다.

인도를 다녀온 내 미국인 친구는 마리화나를 피워본 게 가장 스릴 있었다고 했다. 인도에는 합법도 없고 불법도 없다. 그냥 하고 있고, 하고 싶으면 한다. 그뿐이다.

"아저씨 이거 많이 피우면 이도 빨갛게 변하고 건강에도 안 좋은데 너무 많이 피우지 마세요."
"해라, 하지 마라, 그 자체가 건강치 못한 생각이야. 그냥 우리 몸이 원하는 대로 하면 돼. 오히려 하루를 이렇게 시작하는 게 나한텐 건강하게 살기 위한 치유법이야. 술 먹고 실수하거나 기억 못할 사고를 치는 것보다는 이게 훨씬 낫지. 비싼 담배는 건강을 많이 해치지만 이런 연기는 독이 아니라 약이야. 이렇게 나뭇잎 하나 태우는 게 뭣이 문제겠어."

그 말에 나도 인도의 '비리°'라는 잎담배를 피워본 적이 있다. 솔솔 낙엽 타는 냄새가 어릴 적 시골 향기처럼 편안해서 좋았다. 지금도 낙엽을 보면 비리가 생각난다. 하지말라는 억압이 없으니 거대도시에서 온 사람들에게 인도는 그야말로 자유가 넘치는 환상적인 나라이다.

⊙ Biri 또는 Bidi. '텐두'라는 나뭇잎으로 겉을 싸고
  안에 담배와 비슷한 효능의 가루를 넣어서 만든,
  시민들이 피우는 저렴한 담배다.

당신은 지금 행복한가요?

"행복하지 않으면 명상을 한번 해보세요."

인도에서는 60원짜리 짜이ᶜʰᵃⁱ(인도식 밀크티)를 파는 소년도 철학자고, 70세 나이에 릭샤를 끄는 할아버지도 도인이다. 우다이푸르ᵁᵈᵃⁱᵖᵘʳ의 가이드는 인도에 와서 죽니 사니 않는 소리를 하는 나에게 남쪽에 있는 위빠사나 명상센터에 가보라며 주소를 알려주었다. 종교와 상관없이 세계인이 찾아가는 프로그램이 있다고 했다. 인도에서의 이동은 고달프다는 걸 알면서도 2박3일간 기차와 버스 그리고 릭샤까지 갈아타고 그곳에 도착했다. 매월 10일 단위로 정기 프로그램이 진행되는데 비용은 무료였다.

공짜라는 소문 때문인지 다국적 여행자가 많이 모여 있었다. 묵언수행이 원칙이라 모든 공간이 조용하다. 식사는 온전한 채식이다. 콩으로 만든 음식에서 고기를 씹을 때의 풍미 가득한 맛을 느낄 수 있다는 것을 그때 처음 알았다.

같은 방을 사용하는 룸메이트의 출신도 모른 채 열흘을 한 공간에서 보냈다. 어디에나 붙어 있는 'BE SILENT' 문구가 모든 사적 대화를 멈추게 한다.

묵언수행을 하는 목적은 마음의 시선을 안으로 돌리기 위함이다. 우리가 나누는 대화 자체가 시선을 외부로 가게 한다. 대화가 차단되면 관심을 둘 범위가 제한되기에 시선의 폭이 달라진다. 열흘 동안 정원에 핀 꽃들과 마음으로 대화를 나누고, 차려진 귀한 음식들 하나하나의 맛과 색깔을 바라보며 음미한다. 이곳에서는 지극히 일상적인 삶이지만 그전에 경험해보지 못한 관찰자적 태도로 여행자들의 눈빛도 내면에서부터 빛이 난다. 절제와 관용, 용서와 화해를 언어가 아닌 온몸으로 경험하는 시간이다.

그렇게 오묘한 명상의 세계에 나도 모르게 푹 빠져들었다. 그러던 어느 날 명상 중에 갑자기 툭하니 눈물이 흘러내렸다. 잠시 당황했지만 하던 대로 나에게로의 집중을 계속하니 처음 흘러내린 눈물자국 위로 또 한 방울이 겹쳐서 떨어졌다. 시간이 더 지나자 눈물은 아예 계곡처럼 타고 흘렀다. 나도 알 수 없는 감정 속에서 걷잡을 수 없이 눈물이 계속 났다.

곧 나의 울음소리가 전 세계 여행자 150여 명이 모인 대강당에 진동하기 시작했다. 정말 왜 우는지도 모르고 그냥 울었다. 시간이 지나도 울음이 그치지 않자 관리자가 내 손을 잡고 데리고 나갔다. 밖에서 편하게 마음껏 울라는 배려였다. 울다 눈을 떠보니, 바로 앞올 검은 바위로 된 큰 산이 가로막고 있었다. 그 산을 보는데 또 얼마나 눈물이 나던지. 산이 마치 내 인생을 가로막은 바위 같고 나를 아프게 한 세상의 모든 장애물 같았다. 30여 분을 엉엉 울고 나서 숨을 고르는데 이제 홀 안에서도 울음소리가 들리기 시작했다. 고요한 인도의 대지가 소리 없이 진동하고, 자기 자신을 찾아서 온 여행자들은 모두 스스로를 향해 절규하고 있었다.

밖으로 향했던 시선을 안으로 돌리면
그 자리엔 언제나 내가 있다.

나는 프로그램에 들어간 지 3일째 되는 날부터 울기 시작해서 끝나는 날까지 울었다. 먼 산을 봐도 눈물이 나고 날아다니는 나비를 봐도 울음이 터졌다. 나와 주변세계가 하나라는 일체감이 느껴지면, 봄바람에 위태롭게 흔들리는 꽃 한 송이에도 안쓰러운 마음이 든다.

성지순례로 시작된 인도여행은 내 삶에 명상이라는 인연의 고리를 단단히 걸어주었다. 다시 찾은 인도는 나를 요가 아쉬람°에 심취하게 만들었다. 그리움은 사고를 친다. 명상을 시작한 나는 이 경이로운 경험을 통해 인도인들을 다시 보게 되었다. 이후부터 인도에서도 유명한 아쉬람의 도시를 찾아다니는 여정을 계속했다. 한국의 사찰에서 경험했던 참선이나 철야정진과는 느낌이 많이 달랐다. 모두 영어로 진행되는 바람에 거의 알아듣지 못한 것이 오히려 잘된 일이었다. 모든 시간을 오롯이 나한테 집중할 수 있었다.

프로그램 마지막 날이 되니 식당 한 쪽에 놓아둔 기부함이 보였다. 열린 마음으로 기부를 하려고 보니 수중에 큰 돈이 없다. 프로그램이 공짜라고 비상금도 안 챙기고 들어온 것이다. 화폐가치가 낮은 인도 루피로 기부하기엔 마음이 불편했다. 다른 사람들은 어떻게 하나 보니 역시 영국 여자는 파운드로, 캐나다 친구는 달러로, 여기저기서 외국 화폐들이 기부함 박스로 들어간다.

우리의 에고는 한치 앞도 모르고 까분다. 공짜만 알고 찾아온 내 자신이 부끄럽고 안타깝다. 결국 남아 있는 루피로 기부함에 작은 예의는 표했지만 가방에 두고 온 달러가

⊙ Ashram. 힌두교 성자가 머무는 공간으로, 종교적인 은둔처 또는
    영적인 지도자들을 위한 거처이자 정신적인 수행을 하는 사원을 말한다.

생각나 운다. 기부할 돈이 없는 게 아니라 기부할 마음조차 안 내고 다닌 못난 인도 여행자, 그게 나였다.

그 뒤로 나의 여행 복대에는 언제나 달러 몇 장이 따로 보관되어 있다. 그리고 나의 인생도 명상이라는 비상금을 갖게 되었다. 명상이 삶의 일부가 된 것이다. 그랜드캐니언에서도 바위의 붉은 주름 사이로 불어오는 바람을 느끼면서 바람명상을 했고, 세도나 붉은 바위에서는 뜨겁게 달궈진 바위에 누워 온몸으로 솔라(태양)명상을 했다. 미국 마이애미비치에서도 나는 수영보다 밀려오는 파도를 보며 파도명상을 했고, 뉴질랜드 로토루아 온천에서도 평온한 수평선을 바라보며 바다명상을 했다.

이제 장소와 사람의 많고 적음에 상관없이 여행을 가면 어디서나 명상의 시간을 스스로 만든다. 대자연의 풍광을 보면 절로 흥분의 감탄사가 나오지만 내 영혼은 언제나 고요하다. 줄리아 로버츠 주연 영화 〈먹고 기도하고 사랑하라〉를 보고 인도 생각이 나서 며칠 잠 못 드는 밤을 보내기도 했다. 명상의 시간은 언제나 지나온 여행지를 회상시키며 나를 잠 못 이루게 한다.

길에서 가만히 귀를 기울이면 도로의 소음에도 고요는 있고 군중의 소란 속에도 침묵은 있다. 보이는 평화가 아닌 고요한 영혼을 발견하는 순간을 나는 명상에서 찾는다. 여

행 중에 방황하기도 하고 비뚤어진 반항아처럼 행동할 때
도 있지만 언제나 제자리로 돌아올 수 있는 느낌표를 명상
의 세계는 알려준다.

연어를
먹지 못하는 이유

여름이라도 북유럽의 여행 시즌은 짧다. 8월 중순, 독일을 경유해 노르웨이 오슬로에 도착한 나는 기차를 타고 항구도시 베르겐^{Bergen}에 도착했다. 노르웨이 최고의 관광명소인 피요르드계곡을 크루즈를 타고 보기 위해서다. 예약도 없이 무작정 도착한 나는 크루즈 잔여석을 얻기 위해 새벽같이 일어나 하루를 서둘렀다. 출발 준비를 마쳐두고 오전 7시에 식당 문이 열리자마자 아침을 해결하러 들어갔다. 보통 사람들에게 여행이란 가끔 찾아오는 삶의 여유다. 느긋한 게으름이 허용되는 아침이야말로 여행이 주는 선물. 그래서 여행지에서는 나처럼 새벽같이 일어나는 사람도, 식당 문 열자마자 전투적으로 밥 먹으러 가는 사람도 없다.

생각해보니 나의 여행에는
타인의 여행에는 없는 것들이 있고
타인의 여행에 있는 것들은 종종 없다.

'어머! 연어회가 있네.'

하룻밤 다인실 침대 한 개의 숙박비가 3만 원 하는 골목 호스텔인데 뷔페 조식에 연어회가 차려져 있었다. 이런 가성비에 가심비까지! 세계여행을 다니며 이런 호사는 또 처음이다. 북유럽이 잘사는 것과 여행자에게 상식 이상으로 너그러운 아침 식탁은 구분할 필요가 있다. 여행자의 주머니사정을 고려하지 않는 이곳의 물가만 봐도 그렇다. 북유럽 여행자들에게는 관광지나 식당에서 요금을 확인할 때마다 지갑을 걱정해야 하는 불안감이 늘 존재한다.

아침부터 연어의 등장에 여행자의 긴장된 마음이 풀어진다. 당시만 해도 나는 날생선을 그다지 좋아하지 않았다. 기왕 나왔으니 한두 점만 먹어볼까 하는 생각에 접시에 몇 개 담았다. 그 순간 손끝에 전해오는 연어살의 탱탱함이라니. 나도 모르게 꿀걱 침 넘어가는 소리가 탄력적으로 들렸다. 도톰한 주홍빛깔의 연어살과 세련되게 그어진 고소한 흰색 지방선의 조화가 풍미를 가중시켜 살점이 입에 닿기도 전에 그 윤기에 내가 먼저 녹아버릴 것 같았다.

자리로 돌아와서 연어를 입에 가져간 순간, 나는 연어의 도시 베르겐을 사랑하지 않을 수 없었다. 푸른 바닷물이 눈부시게 출렁이는 베르겐 항구에는 새벽 고기잡이를 끝낸 어선들이 조용히 묶여 있다. 북유럽의 이 작은 어촌도시에

서 낚아 올린 신선한 연어 맛은 그저 '맛있다'는 형용사로
는 설명이 부족하다. 적당히 기름진 연어에 표현할 수 없이
깊은 맛이 배어 있었다. 베르겐의 연어는 도시의 고즈넉한
분위기와 달리 거친 바다의 활력과 생생한 자연의 맛 그 자
체를 느끼게 했다.

30여 분이 지나자 여행자들이 하나둘 식당으로 들어온
다. 연어로 먼저 배를 채운 나는 남들보다 여유 있게 항구
로 향했다. 가는 길에 얌전히 정박한 어선들이 화려한 도심
의 배경과 잘 어울려 카메라에도 몇 컷 담았다. 관광안내소
에 도착하자마자 크루즈 예약을 문의하니 다행히 오늘이
운행 마지막날이라며 오후에 한 대가 출발한다고 했다. 시
간은 기가 막히게 잘 맞췄다.

이후 북유럽 몇몇 도시를 더 돌아보고 한국에 돌아온
뒤에도 기억에 가장 오래 남은 건 이날 아침에 먹은 연어
맛이었다. 막상 돌아오고 나니 '베르겐 그 호스텔에서 며칠
더 머물 걸.' 하는 아쉬움이 남았다.

그 후로 몇 년이 지난 2013년 8월 말, 그 해 여름휴가는
알래스카에서 보내려고 계획을 세웠다. '알래스카의 스위
스'라고 불리는 발데즈Valdez는 호수처럼 잔잔한 바다를 낀
작은 항구도시이다. 유럽의 웬만한 소도시들보다 훨씬 작

지만 주위를 둘러싼 거대한 산맥의 규모로 보면 스위스보다 웅장하다.

이런 시골항구까지 여행자들이 왜 찾아올까? 나는 안내책자를 보면서 이곳에서 볼 게 뭐가 있는지 살폈다. 어라, 연어부화장 소개가 있다.

'여기도 연어? 알래스카 연어는 어떤 맛일까?'

노르웨이와 알래스카의 위도를 정확히는 몰라도 위치상 북극과 가까워서 연어가 서식하기 좋은 조건인 것 같았다. 나는 현지투어를 따라 연어부화장에 구경을 갔다.

"민물에서 태어난 연어는 바다로 나가 세계를 항해하다가 죽을 때가 되면 집으로 돌아옵니다. 지금은 연어가 대이동하는 시기는 아니어서 지난달만큼 많이 볼 수는 없어요. 하지만 오늘도 연어는 고향인 알래스카로 돌아오고 있는 중입니다."

5월부터 시작되는 연어 대이동은 알래스카 여행 성수기인 8월경에 막바지에 이른다. 그러나 지금은 별로 없을 것이라는 가이드의 안내와 달리 내려다뵈는 물속은 연어로 가득했다. '바가지로 한 번만 퍼 올려도 며칠 안줏감은 될 것 같은데 지금이 연어가 없는 시기라고?' 베르겐의 탱탱한 연어 살코기가 떠올라 나도 모르게 흥분을 했다.

알래스카에서는 관광객에게도 낚시를 허용한다. 비용

을 지불하고 허가증을 발급받아야 하지만 잠깐 머무는 여행에서도 바로 도시어부가 될 수 있다. 파도도 없는 호수 같은 바닷물 아래에 엄청나게 많은 연어가 떼 지어 다니고 있으니 괜히 폼 잡고 낚시할 필요도 없다. 누구라도 시작하면 스트레스 없이 본전 이상의 재미를 맛볼 수 있다.

연어부화장의 주차장 하늘에 갈매기들이 무척 많이 날고 있었다. 사람도 새도 연어 한번 먹어보겠다고 모여드니, 지금 바다는 완전히 연어 세상이다. 방파제에는 이미 엄청난 양의 연어가 허옇게 아가미를 뒤집은 채 죽어 있었다.

"저기 건물이 민물연어부화장인데 정해진 반경 몇 미터 안에서는 낚시를 할 수 없어요. 이 근처에서 잡으면 수개월 바다를 헤엄쳐 온 연어가 집 앞에서 죽는 거니까 좀 그렇잖아요. 그러나 절대 통제할 수 없는 건 저기 날고 있는 갈매기들입니다. 갈매기는 연어의 눈알만 빼먹는데 여기 죽어 있는 연어들을 자세히 보면 눈이 다 없어요. 고향에 도착해서 집에 들어가기 직전에 갈매기 먹이가 되어 허무하게 죽는 거죠."

어렵게 고향을 찾아온 연어가 자신이 태어난 집 문 앞에서 공격당해 죽는 이 상황을 어찌 볼 것인가. 좀 멀찍이 떨어져 있다고는 하나 이곳에서 연어를 노리는 낚시꾼들까지 얄미워 보인다.

창문을 통해 부화장 건물 안을 들여다보니 사람들이 컨베이어벨트 앞에서 분주히 작업을 하고 있었다. 살아서 고향에 돌아온 연어들은 자동으로 돌아가는 벨트 위에 올려져 이동한다. 사람들의 빠른 손놀림에 몸은 바로 토막이 나고, 암컷 몸속의 알은 부화를 위해 분리되고, 고기는 캔으로 들어가 통조림이 된다.

'이렇게 부화장에서 사라진 연어들이 통조림이 되어 세계로 팔려가는구나.' 연어 통조림을 보면서 처음으로 마음이 아팠다. 죽은 고기가 되어 공장에서 담기는 것도 아니고 조금 전까지 험한 바다를 헤엄쳐 고요한 민물의 집까지 살아서 왔는데, 처음 자신이 태어났던(알에서 부화한) 자리에서 통조림으로 끝나는 연어의 일생이라니. 이젠 연어를 못 먹을 것 같았다.

연어의 일생

바다그물에 걸려 죽거나
민물낚시에 낚여 죽거나
야생 곰한테 잡아먹히거나
갈매기한테 눈만 빼 먹히거나

노르웨이 베르겐에서의 연어와 알래스카 발데즈의 연어는 내게 전혀 다른 이야기를 들려주었다.

알래스카 여행의 목적은 대개 로키처럼 웅장한 산맥을 보면서 하이킹을 하거나 크루즈를 타고 수만 년 된 빙하가 녹으면서 부서지는 현장을 보러 가는 것이다. 나 역시 빙하 크루즈를 이틀 연속 타면서 1차원적인 버킷리스트는 달성했다. 알래스카 연어도 실컷 먹었다. 그러나 부화장에서 엄청난 양의 연어알과 통조림을 만들고 뼈만 남은 채 쓰레기통에 버려지는 연어의 최후를 본 뒤로는 지금까지 연어를 먹지 못하고 있다.

알래스카의 잔잔한 바다에서 살려고 헤엄쳐 오는 연어들을 떠올려보라. 잔잔한 수면은 위선이다. 연어들은 물속에서 생존의 몸부림을 치고 있는데 사람들은 우아하게 수면 위에서 아래로 낚싯대를 드리운다. 알래스카에서도 가장 아름답다는 항구도시, 연어의 고향인 발데즈에서 연어는 인간의 손에 잡혀 알과 통조림만 남긴 채 죽는다. 그 알은 다시 민물에서 부화한 후 먼 바다로 나아갈 것이다. 그리고 다 성장해서 고향에 돌아오면, 자신들의 어머니가 그랬던 것처럼 한 번의 수정 끝에 생을 마감할 것이다.

여행자의 일생이 오버랩된다. 세계여행 하겠다고 집을 수시로 떠나고 그것을 기억하기 위해 사진을 남긴다. 그러나 정작 자신이 누구인지도 모르고 세상을 돌아다니고 있다. 연어는 죽을 것을 알면서도 거친 바다를 헤엄쳐 집으로 돌아오는데 우리는 왜 밖으로만 향하며 방황하는가. 세상엔 자신의 존재가치도 모른 채 여행하는 사람이 많다. 도대체 무슨 마음으로 나는 긴 여행을 하고 다녔던가. 다시 생각해볼 때가 되었다.

누구나 주먹을 쥐고 태어나서 죽을 때 주먹을 편다. 살아있을 때 주먹 쥐고 열심히 살아야 한다. 그 무엇도 피하지 말고. 여행이라는 허울 좋은 타이틀로 내가 세상에 버린 시간들이 울고 있다. 삶의 의미를 찾지 못하고 배낭 메고 헤맨 시간이 나를 울린다. 의미 없이 길에서 보낸 많은 시간을 회상하면 차라리 망각하는 여행자이고 싶다.

내 감정의 온도가 여행의 온도는 아니다.

여행의 속도가 여행의 온도를 달구는 것도 아니다.

이제 나는 이동수단에도 목적지에도 관심이 없다.

그저 내 가슴이 다시 뜨거워지거나 영혼이 치유되는 여행,

느린 여행이라도 진짜 나를 위한 여행을 하고 싶다.

PART 2.

내 여행의 흐름

지구 에너지를 만나다

처음 서울에 와서 친구들과 함께 살고 있을 때였다. 인상이 좋은 두 사람이 길을 가다가 대문을 열고 청소를 하고 있는 내 집으로 들어왔다. 일요일이라 친구들은 볼일을 보러 나가고 혼자 집안 대청소를 하면서 바쁘게 하루를 보내고 있었다.

"기를 믿습니까? 도를 아십니까?"
"기? 도? 그게 뭡니까?"

호기심이 많은 나는 처음 듣는 말에 되레 질문을 쏟아부었다. 딱 걸려버린 하루다. 순진한 내 질문에 그들은 내심 얼마나 쾌재를 불렀을까. 두 사람은 자세히 설명해주겠다며 어디론가 같이 가자고 했고, 뭣도 몰랐던 나는 호기심 반으로 그들을 따라나섰다. 그때 그들의 세계를 살짝 접했다. 처음 간 곳에서 바로 기를 느끼거나 도를 믿은 건 아니다. 그런 단체도 있다는 것을 제대로 알게 되었다.

그 후로도 나는 자주 그런 사람들에게 걸린다. 길을 가다 만나기도 하고 터미널 앞에서 설명을 들어야 할 때도 있다. 같은 사람들은 아니지만 많은 사람이 '도'나 '기' 같은 것에 관심이 있다는 것도 알게 되었다.

2011년 8월. 그해의 유럽 배낭여행은 큰 맘 먹고 5주 장기로 떠났다. 유럽은 국가가 많아서 한 번 가서는 다 볼 수가 없다. 매년 가고 있지만 10년을 다녀도 아직 안 가본 도시가 있다. 이 여행엔 불가리아와 루마니아를 추가했다.

소피아^{Sofia}에서 출발한 야간열차 2인실 침대칸에서 불가리아 여대생을 만났다. 그녀는 항구도시 바르나^{Varna}가 고향인데 주말이라 집에 가는 길이라고 했다. 이렇다 할 계획도 없이 기차에 올라탄 나는 그녀가 잠들기 전에 필요한 현지 정보를 파악하고 싶었고, 전공이 관광학이라는 그녀는 생각지도 못한 유용한 정보를 많이 들려주었다. 무척 고맙다는 인사말로는 부족해서 시내에서 만날 수 있으면 맥주 한잔을 대접하고 싶다고 했다. 그녀는 아침에 바르나역에 도착하면 남자친구를 만나 데이트를 할 건데 같이 다니겠냐고 물었다. '이런 행운의 여신이!' 그렇게 시작된 우리의 수다는 덜컹거리는 기차 안에서 자정까지 계속되었다.

이른 아침, 열차가 목적지에 도착하자마자 밤새 달려온 기차에서 승객들이 빠르게 빠져나갔다. 나는 일단 숙소에 짐을 맡기고 그녀와 만나기로 한 터미널로 향했다. 잠시 후 덜컹거리는 중고차 한 대가 내 앞에 멈췄다. 중고차라기보다 정확한 이해를 돕기 위해 고물차라고 하는 게 맞겠다. 기차보다 덜컹거림이 심한 똥차를 타고 우리는 좁은 시골길을 달렸다. 순간 내가 보헤미안 집시 커플한테 납치당하는 건 아닌지 뒤늦게 걱정이 되었다. 생각해보면 기차에서부터 너무 술술 풀린 게 의심스러웠다.

"아니, 이 벌판에 뭐가 있다는 거죠? 아주 신비스런 곳이라고 해서 기대를 하긴 했는데…" "들어가서 보기 전까진 이야기할 수 없어요." 40여 분을 달려 도착한 곳은 현지어 안내판이 달랑 하나 붙어 있는 휑한 관광지였다. 주변에 아무것도 없다. "아니, 저기 정문이 보이는데 왜 다른 곳으로 가요?" "저곳은 정문이라 들어가려면 표를 사야 해요. 이쪽으로 가면 담을 넘어 표 없이 들어갈 수 있거든요. 우리가 데이트할 때마다 오는 곳이라 지형은 잘 알고 있으니 걱정 마세요."

도대체 저 안에 뭐가 있어서 돈까지 받고 표를 파는가 싶었다. 숲길에 차를 세우고 낮은 담을 타고 들어간 그곳의 첫 느낌은 그저 큰 돌 여러 개가 어지럽게 뒹구는 보통의

건설현장 같았다. 돌기둥의 규모가 더 웅장하고 조각이 화려했다면 이집트의 오벨리스크 정도를 상상할 수도 있었겠지만 그건 아니다. 돌들은 길이가 제각각인데 전반적으로 기둥처럼 생기고 짧은 돌에도 홈이 파인 걸로 봐서 아마도 과거에 어떤 용도로 쓰였던 것 같다.

그들을 따라 조금 더 깊숙이 들어가니 돌기둥이 점점 많아졌다. '아니 이런 돌기둥 몇 개가 무슨 신비라고?' 제법 넓은 면적이긴 하나 나는 여전히 뒹구는 돌기둥들에 아무런 감흥도 느끼지 못했다. '이 돌이 뭐라고 입장료를 받지? 그럼 영어로 안내판이라도 하나 세워두든지. 도대체 정체가 뭘까?' 일단은 도리 없이 청년의 설명에 의존해야 했다.

"이곳은 지구에서도 몇 안 되는 좋은 기가 나오는 곳이에요."
"뭐? 기(energy)라고요?"

'기를 믿습니까?' 사건 이후로 다시 기를 만난 곳이 불가리아의 작은 시골이다. '지금 논밭에서 장난하니? 이런 돌기둥에서 무슨 기가 나온다고.' 그러나 표정이 사뭇 진지해진 남자는 아마도 청동기시대인지 철기시대인지 아주 오래전부터 거주 흔적이 발견된 중요한 유적지라며 목청을 높였다. 일반에는 아직 잘 알려지지 않았지만 불가리아 사람들은 다 알고 기운을 받으러 오는 곳이란다. 이곳에서 분명히 지구의 엄청난 에너지가 뿜어져 나오고 있으니 불가리아여행을 온 김에 지구의 좋은 기를 많이 받아가라며 선심을 베푼다.

'지구의 에너지?' 나 또한 명상을 하고 있어서 에너지에 대한 이야기를 부정하지는 않는다. 그럼에도 불신하게 되는 이 감정은 무엇일까. 생각해보면 갠지스강변에서 만난 구루나 아쉬람의 요기들이 말하는 신비한 이야기는 믿으면서 이 나라 국민들이 신성하게 여긴다는 영적인 지구 에너지(기)에 대해서는 왜 신뢰하지 못한 걸까. 인도에 살면서 좋은 기운을 받겠다고 갠지스강 상류인 히말라야 리시케시Rishikesh까지 1박2일 야간버스를 타고도 찾아가지 않았던가. 기차에서 좋은 인연을 만나 커플의 데이트 차까지 얻어 타고 편하게 기 받으러 왔으면 그저 감사나 할 일이지 지금 무슨 의심을 하는 건가.

내가 표정관리를 하지 못하고 차가운 돌만 성의 없이 쓰다듬고 있자 커플은 이 많은 돌기둥 중에서도 기운이 가장 폭발적으로 발산되는 돌은 따로 있다며 나를 다른 방향으로 데리고 갔다.

"바로 이 돌이야. 보기엔 요만큼 올라와 있지만 땅속 깊숙이 박혀 있는 큰 기둥의 일부야. 여기 보이는 돌들의 지하부엔 엄청난 길이의 오래된 돌기둥들이 뿌리를 내리듯 빽빽이 박혀 있는데 오랜 시간 지구의 지각변동으로 일부만 올라와서 우리 눈에 보이는 것뿐이야. 실제로 이곳의 땅을 파보면 아래에 많은 돌기둥이 숲을 이루고 있다는 거지. 그중에서도 이 돌이 가장 에너지가 강력한 돌이야."

그가 제대로 된 영어를 하고 있고
내가 그의 말을 제대로 알아들은 거라면,
나는 지금 지구의 핵 위에 올라서 있다.

화산이 폭발하면서 분출된 용암이 굳으면 현무암이 된다. 이 돌들은 그냥 생긴 게 아니라 지구폭발과 같은 강력한 에너지 발산을 통해 만들어진 파편이다. 지구에는 여러 번의 대폭발이 있었고 위로 치솟은 용암들이 녹아 흘러내리면서 엄청난 규모의 돌기둥이 만들어졌다. 이후 지각변동을 통해 대부분은 지하에 묻혔지만 지금 보고 있는 이 돌기둥들은 노출되었다는 얘기다.

여행에서 돌아온 후 나는 인터넷을 통해 '바르나의 돌' '불가리아 기 에너지'라는 단어들을 검색해보았지만 그 이상 구체적인 정보를 찾지 못했다. 그리고 그 일은 여행자의 머릿속에서 짧은 해프닝으로 오랫동안 잊혀졌다.

좋은 기운이 흐르는 땅

미국여행을 가는 사람이라면 누구나 그랜드캐니언을 실물로 보고 싶어 한다. 미국에는 상상을 뛰어넘는 대자연이 펼쳐진 공간이 많다. 아치스캐니언, 자이언트캐니언, 브라이스캐니언 모두 각자 특색이 있고 모뉴먼트밸리는 인디언들이 신성시하는 장소이다.

한 번 아니라 여러 번을 가도 스스로 '기'를 감지하지 못하면 그런 곳은 기억에서 금방 사라진다. 여기서 말하는 기란 길에서 얻어들은 기도 아니고 갠지스강에서 말하는 기도 아니다. 불가리아 청년이 말한 신비한 에너지에 대해서는 한참 후 기를 좀 더 체험하고 난 후에야 제대로 이해하게 되었는데, 그보다 기에 관해 가장 확실하게 느끼게 된 것은 미국 애리조나주 세도나^{Sedona}에서였다.

"여기 와서 관절이 좋아졌어요. 걷지도 못하던 사람이 이렇게 바위산을 오르게 됐어요."

사업을 해서 큰돈을 번 미국의 은퇴자들은 노후에 햇살 좋고 전망 좋은 곳에 별장을 지어 살거나 실버타운으로 들어가 편안하게 지내고 싶어 한다. 여행 중에 이런 삶을 즐기는 사람들을 자주 만났다.

그랜드캐니언을 거쳐 세도나를 여행 중인 나는 그 유명한 벨락^{Bell Rock} 일출은 포기하고 느긋하게 오후가 되어 외출했다. 누가 사막 날씨 아니랄까봐 오후 태양은 살인적이었다. 붉은 바위산을 걸어서 올라가는데 생각보다 경사가 급해 발을 잘못 디디면 다칠 것 같았다. 그런데 맙소사, 은발의 노부부가 여유롭게 미소를 머금은 채 튼튼한 등산화도 아닌 가벼운 운동화를 신고 지팡이를 든 채 바위산을 오르는 게 아닌가.

"내가 여기로 이사 오기 전까지는 무릎 관절이 안 좋아서 잘 걷지도 못했어요. 특히 계단을 오르내리는 게 너무 힘들었는데, 글쎄 여기 와서 살면서 몸이 점점 좋아지더니 지금은 매일 이곳의 바위산들을 번갈아 산책하러 다닌다니까요."

"그게 정말이에요? 차라리 제대로 된 치료를 받는 게 좋지 않나요? 정말 세도나에 살아서 좋아지고 있다고 믿는 건가요?"

"그럼 믿죠. 우리도 처음에는 은퇴 후에 날씨 좋은 캘리

포니아에 가서 살려고 했어요. 여기저기 지낼 만한 곳도 알아봤죠. 그런데 주변에서 관절이 안 좋은 친구들이 세도나로 이사를 가는 거예요. 왜 하필 사막지역이냐고 물어보니 세도나에 오면 평소보다 잠자리도 편안하고 일어날 때 몸이 가벼워진대요. 이상하다 생각하면서도 혹시나 해서 은퇴 전에 휴가를 와서 장기간 머물러 봤죠. 그런데 정말로 하루가 다르게 걸음걸이가 편해졌어요. 여기 오길 정말 잘했다는 생각이 들어요. 과학적인 근거요? 뭐라 말하겠어요, 실제 경험이 그런데. 분명 이곳에는 좋은 기운이 흐르고 있어요, 확실히."

20대에는 지구의 에너지 따위에 관심이 없었다. 30대에 인도에 가서 잠깐 힘든 마음을 위로받고자 땅과 물에 의존하는 종교의식에 관심을 가졌다. 그래서 아잔타Ajanta와 엘로라Ellora 석굴까지 찾아가기도 했다. 나이를 먹으면서 자연히 내 몸에서 일어나는 기운의 변화를 감지할 줄 안다. 언젠가부터 어떤 힘에 이끌리듯 내 몸과 마음이 편안한 곳이 아니면 오래 머물지 않거나, 기운이 편안한 잠자리가 아니면 숙소도 바꾸는 까칠한 여행자가 되어갔다.

불가리아 여행 후 수 년이 지나 미국의 웅장한 캐니언들을 보면서 뒤늦게 그런 생각이 들었다. 불가리아 시골에서 보았던 그 돌기둥들은 어쩌면 수억 년 전 우주 대폭발과 함께 행성이 만들어질 때 방출된 지구의 핵 덩어리가 아니었을까. 아니면 지구 역사에는 얼음으로 덮인 빙하기도 있었으니, 지구 안에서 압축된 에너지가 분출되면서 갈라진 용암 같은 액체의 파편들이 불가리아 시골로 흩어져 굳은 게 그 흔적은 아니었을까. 인도로 간 파편은 히말라야 바위를 만들고 리시케시에 샘을 만들어 갠지스강으로 흐르게 하고, 미국으로 날아간 파편은 세도나에 붉은 바위산을 만들어 사람들에게 좋은 기운을 주고 있는 건 아닐까.

수억 년 전에 지구의 외핵과 내핵이 어떤 상태였고 무슨 일이 일어났는지는 아무도 모른다. 그러나 현재의 지구 여기저기서 발견되는 거대한 바윗덩어리들이 단순한 돌덩이가 아니고 불가리아 청년의 말처럼 지구 깊숙이 내재된 에너지 덩어리였다면? 정말 돌 하나도 그냥 돌덩이가 아니고 애초에 거대한 우주 에너지를 품은 불덩이였다면?

생각이 여기에 이르자 다시 불가리아에 가서 그 뜨거운 기운을 느끼고 싶다는 생각이 든다. 그렇다면 목적지를 잃고 표류하는 유목민이 아니라 지구의 기운을 내면에 품고 한곳에 체류하는 여행자로서 새로운 삶을 힘내서 살아갈 수도 있지 않을까.

"시속 300킬로미터로 달리고 있습니다"

프랑크푸르트에서 베를린까지 달리는 고속 중에서도 초고속 열차의 등장은 획기적이었다. 아무리 유럽여행의 꽃은 기차여행이라고 하지만 인천공항에서 부산까지 가는 데 두세 번만 정차한다는 것 자체가 그때는 놀라웠다. 게다가 세 사람이 같은 구간을 이동하는데 자동차, 기차, 비행기로 각각 움직일 경우 누가 제일 먼저 목적지에 도착하는지를 비교 촬영한 홍보물이 기차 고객을 더 끌어들이고 있었다. 물론 자동차는 막혀서 문제가 되고 비행기는 수속시간 때문에 미리 서둘러야 한다는 단점이 있으니 결국은 기차로 가장 빠르고 편리하게 목적지에 도착할 수 있다는 영상 스토리였다.

유럽에서도 철도선진국은 누가 뭐래도 독일이다. 한국에 KTX가 처음 들어올 때 독일의 고속열차 이체ICE가 아닌 프랑스의 고속열차 떼제베TGV로 정해진 것은 나로선 의외였다. 여행을 오래 하다 보면 두 나라의 확연한 차이를 느낄 수 있다. 당시 독일 열차는 모든 플랫폼이 개방형이라 누구나 표 없이 드나들 수 있었고, 휠체어 장애자를 위한 편리한 시설이라든가 좌석마다 예약한 손님의 목적지가 도시 이름까지 표시되어 어디서부터 빈자리가 날지 예측할 수 있었다는 점, 그리고 도시의 바에서나 맛볼 수 있는 기포가 살아있는 와인과 맥주를 열차 레스토랑에서 팔았다는 점 등 여행자를 감동시키는 구석이 많았다.

"지금 이 열차는 시속 30km로 천천히 움직이고 있으니 여러분은 2층 파노라마 라운지에서 미국의 대자연을 마음껏 감상하시기 바랍니다."

어느 나라에서나 기차여행은 장단점이 있다. 특히 미국 기차는 교통수단이라기보다 관광열차다. 기차여행을 좋아하지만 미국 대륙횡단열차를 탔을 때는 드넓은 미국이라서 이런 속도도 가능하겠다는 생각이 들었다. 샌프란시스코에서 시카고까지 2박3일을 이동하는데 일출과 일몰은 기본이고 사계절을 모두 창 너머로 만날 수 있다. 기차의 속도처럼 여행에도 속도가 있다. 한번쯤은 세계 일주를 온전히 기차여행으로 하고 싶다고 생각하는데, 지금은 여행의 속도가 아닌 온도가 더 중요하다고 느끼기 때문이다.

나의 유럽여행은 언제나 독일의 기차역에서 시작하거나 독일의 기차역에서 끝난다. 그러나 여행의 속도는 달라졌다. 30대 시절에는 첫 기차를 타고 가서 막차를 타고 돌아올 만큼 많이 그리고 오래 즐겼다. 속도가 내 여행의 온도를 높인다고 생각했고 시간이 돈이라며 빨리빨리 돌아다녔다. 당연히 내 속도에 취해 다른 사람의 속도는 보지 못했다.

운전을 하지 않기 때문에 달리는 속도에 대한 기대감은 없다. 모든 바퀴는 그냥 굴러가기만 하면 된다는 생각이다. 그나마 기차여행을 좋아하는 이유는 도로정체가 없으니 목적지에 도착할 때까지 신경 쓸 필요가 없어서다. 물론 인도에서는 기차가 제 시간에 들어오지도 않고 정각에 출발해도 언제 어느 역에서 대책 없이 오래 정차할지 모르기 때문에 마음이 편치 않다. 그래서 첸나이에서 델리까지 44시간 기차를 타면 여행자가 신경 쓸 일은 44가지가 된다.

최근에 나는 대한민국 기차여행의 매력에 빠져들고 있다. 우리나라만큼 여행자 입장에서 기차 타기 편리한 나라도 없다. 신분증도 필요 없고, 결제한 카드 확인도 안 하고, 티켓을 종이로 인쇄할 필요도 없는데다 차장이 표 검사도 안한다.

나의 기차여행은 해외에서 국내로 창밖 풍경이 확 바뀌

었고 달리는 속도도 달라졌다. 과거에는 기차가 주는 속도 감을 즐겼지만 이제는 느리게 시간을 보내는 미학적 여행의 맛을 즐긴다. 어느 겨울, 기분이 우울한 토요일 아침에 나는 강원도 태백에서 출발하는 눈꽃기차에 훌쩍 올라탔다. 태백산맥을 따라 눈꽃을 보면서 달리는 협곡열차인데 캐나다 럭셔리열차인 로키 마운티니어 열차만큼이나 아름다운 구간이 펼쳐진다. 그렇게 시작된 여유로운 국내 기차 여행은 서해 일몰을 보며 달리는 금빛열차, 경상도에서 전라도까지 달리는 S트레인 등 속도보다는 느림이 주는 풍경에 빠져들고 있다. 그중에서도 동해를 마주보며 달리는 바다열차는 마치 내가 파도를 타며 윈드서핑을 하듯 옆으로 달리는 기분이 나서 최고다.

한번은 전라도 여수를 가기 위해 KTX를 탔는데 기차 이름이 '여수엑스포'였던 것으로 기억한다. 용산역에서 출발해 두어 시간 만에 도착. 기차역 밖으로 나가니 눈앞에 웅장하게 펼쳐진 엑스포 현장. 이것이 대한민국이다. 독일의 이체, 프랑스 떼제베, 스페인 아베^AVE 열차도 웃고 갈 한국 고속열차의 명칭과 속도감에 절로 웃음이 나왔다.

"지금 이 기차는 좌측에서 로키산맥의 설산이 보일 예정이라 속도를 더 늦추어 달리고 있습니다."

캐나다 밴쿠버에서 출발하는 초호화 특급관광열차인 로키 마운티니어는 1박2일 동안 달려서 재스퍼^{Jasper}에 도착한다. 여행의 목적은 오로지 로키의 대자연 감상이다. 관광열차이기 때문에 밤에는 달리지 않고 낮에만 이동하며 중간에 1박은 꽤 좋은 호텔에서 잠을 잔다. 이런 관광열차는 선진국에서는 이미 보편화된 실버여행 상품이다. 내가 그 기차를 처음 탔을 때가 40대 중반이었는데 당시 기차 안에서 가장 어린 나이였다.

기차를 타고 가면서 중간에 숙박을 하고 목적지까지 최대한 천천히 달리는 여행. 우리나라처럼 빨리빨리 달리는 기차에 익숙한 사람들에게는 다소 지루하게 느껴질 수도 있겠지만 지금 생각해도 여운이 많이 남는 여행이었다. 속도가 느려지는 만큼 감성의 온도는 높아지는 여행이랄까. 시간에 쫓겨 사는 현대인들에게 이런 여행은 특별한 쉼을 줄 것이다. 모처럼 자신을 만나러 가는 여행인데 하루 만에 끝내는 건 좀 아쉽지 않은가.

여행의 속도,
여행의 온도

스물여섯 살에 여권에 처음 도장을 찍은 나는 여행에 대한 열정이 상당했다. 해외출장을 많이 가는 회사에서 일하고 싶었고, 돈이 쌓이는 대로 세계를 일주하겠다는 계획이 머릿속에 가득했다. 잘 나가는 외국계 회사를 퇴사하고 내 발로 여행사에 입사했던 것도 그 때문이다. 그러나 일은 재미있었지만 조직생활에 잘 적응하지 못한 탓도 있고 아쉽게도 노동 강도에 비해 급여가 형평에 맞지 않는다고 생각해서 1년 만에 퇴사했다. 이후에도 여행관련 프리랜서 생활을 하며 능력껏 해외출장을 다닐 수 있어서 청춘의 한 시절을 나름 행복하게 보냈다.

적금통장 하나 없어도 신용카드라는 보이지 않는 금고를 담보로 이곳저곳 겁도 없이 잘도 돌아다녔다. 여행을 하면 할수록 기대치가 높아졌다. 그러나 방문국가가 40곳을 넘어서면서부터 어지간한 풍경에는 감흥이 일어나지 않는다는 게 문제라면 문제였다. '어떤 여행을 해야 나를 만족

시킬 수 있을까. 40개국을 돌고도 놓지 못하는 이 질긴 여행 습관을 통해 도대체 내가 삶에서 찾고자 하는 건 뭘까.' 하는 고민이 들기 시작했다.

세계 박람회의 60퍼센트 이상을 개최한다는 독일은 시간관념도 정확하고 어디서나 영어가 통한다. 특히 여성 여행자도 어디나 안전하게 다닐 수 있어서 이상적인 여행국가라 할 수 있다. 독일 내 기차역 어디서라도 유럽의 다른 도시 구간 열차를 한꺼번에 예매할 수 있어서 나의 유럽여행은 언제나 독일에서 시작하거나 독일에서 끝이 났다. 유럽 배낭여행자의 필수품이라고 할 수 있는 유레일패스를 이용하면 국경에 상관없이 자유롭게 넘나들 수 있는 것도 장점이었다.

그때는 아침에 일어나 첫 기차를 타고 이웃나라 체코 프라하로 가서 하루 종일 구경하고 저녁 먹고 귀가하거나, 스위스에 가서 점심을 먹고 루체른호수에서 보트를 타다가 저녁기차에서 맥주 한잔을 하며 독일로 넘어오기도 했다. 야간열차를 타는 날은 파리에서 저녁 먹고 6인실 쿠셋ⓞ 간

ⓞ couchette. 프랑스말로 '간이베드'라는 뜻.
야간열차에는 누워서 갈 수 있는 칸이 있는데 양쪽에 걸린 간이침대 개수에 따라 4인실, 6인실이 있고 3인실부터는 침대칸(sleeper bed)이라고 한다.

이 베드에 누워 한 숨 자고 일어나면 로마에서 아침을 먹을 수 있었다. 국경 없이 다니는 유럽 기차여행자들로 배낭여행이 절정을 이루던 시절이었다. 그렇게 내 모든 여행의 하이라이트는 기차로 시작해서 기차로 끝났다. 정말 가고 싶은 대로 자유롭게 다니는 기차여행의 매력에 흠뻑 빠져서 보낸 20년의 여행시간이 지금도 철로처럼 하나하나 뇌리에 새겨져 있다.

오전에 뮌헨에서 만나 같이 브런치 할까요?
오후에는 비엔나에서 커피 한잔 할래요?
저녁은 부다페스트에서 야경 보면서 와인 한잔 할까요?

이런 대화를 멋으로 하던 시절이었다. 그러나 내 여행에는 낭만이 없었다. 아침에 일어나면 역으로 가서 자정이 돼서야 숙소로 돌아오는 무한질주의 여행을 계속했다. 그래서 발생한 해프닝을 아직도 잊을 수 없다. 그날도 독일에서 마지막 기차를 타고 이탈리아로 넘어가려고 플랫폼에서 기다리고 있었다.

"이제 시간이 돼서 이 기차는 출발하니까 다음기차를 타세요." 늦은 밤 내 눈 앞에서 기차 문이 닫혔던 순간을 생생히 기억한다. 너무 황당해서 열차 차장의 말을 무시하고 그냥 올라타려는 시도조차 못했다. 순간 영어를 잘못 알아들은 줄 알고 얼어버렸던 것일까.

독일에서 갑자기 길이 막혔다. 국경은 열려 있는데 이동이 막힌 것이다. 방금 내 앞에서 떠나버린 기차는 목적지까지 나를 데려다줄 마지막 밤기차였다. 사람들이 모두 타면 나중에 타려고 뒤에서 기다렸을 뿐이다. 유니폼을 단정하게 입은 여자 차장은 갑자기 손목시계를 보더니 시간이 되었다며 내 앞에서 버튼을 누르고 문을 닫아버렸다.

'아니, 이 무슨 일?' 플랫폼에서 무거운 캐리어를 들고 기다리던 사람이 아직 다 타지도 않았는데 출발시간이 되었다며 기차 문을 닫아버리다니. 아직도 나는 독일 기차역에 가면 긴장이 된다. 그날처럼 플랫폼에 혼자 남겨질까봐. 가끔은 너무 정확한 독일의 기차시간이 불안하다. 어떤 상황이 되면 또 정해진 시간 밖으로 튕겨질지 모르는 여행자이기 때문이다.

그날 나는 다음기차를 타기 위해 역에서 밤을 지새면서 새벽까지 기다렸다. 기차역에 있는 24시간 맥도날드에서 숙박비처럼 햄버거 세트 하나를 시켜놓고 밤을 보낸 그날의 추운 기억을 아직도 잊을 수가 없다. 그것은 그냥 맥주 한잔 마시며 웃어넘길 수 있는 일이 아니었다. 내게는 꽤 심한 충격으로 오래오래 남았다. 그제껏 소비하듯 다닌 여행을 접고 내 여행의 결핍된 지점을 고민해보게 한 사건이 었다. 바쁘게 일정을 짜서 풍경만 훑고 지나가기보다 그 나라, 도시, 인종, 문화를 좀 더 사려 깊은 시선으로 이해하는 여행을 할 필요를 느꼈다.

나는 여러 나라의 여행자들 중에서도 특히 독일 여행자들에 대한 존경심을 가지고 있다. 여행을 하다보면 길에서 가장 많이 만나는 사람이 독일 여행자들이다. 캐나다 북단 옐로나이프Yellowknife에서 오로라를 보기 위해 호텔에 머물고 있을 때의 일이다. 독일에서 온 젊은 친구들은 영하 40도에도 자동차에서 침낭만 덮은 채 오로라를 기다리고 있었다. 알래스카 스워드Seward 게스트하우스에서 내가 삼겹살을 굽고 있을 때 만난 여행자도 독일 사람이었다. 직장을 다니다 퇴사하고 다음 회사에 출근하기 전 한 달의 공백을 잘 보내기 위해 여행을 왔다는 그녀는 캐나다에서 알래스카까지 히치하이킹만으로 횡단을 했다. 내가 숙소에 도착한 그 날이 그녀가 캐나다 옐로나이프에서 알래스카 스워드까지 히치하이킹으로 15일 만에 도착한 날이었다. 거의 미친 수준의 험한 여행에 도전한 사람들 대부분이 바로 게르만족의 후손들이었다.

정확하고 안전한 여행을 원한다면 기차여행을 추천하지만, 독일여행의 또 다른 묘미는 고속도로다(물론 내가 운전하지는 않는다). 하루는 모젤강변을 따라 달리는 기차를 타고 트리어Trier역에 도착해 와인농장 투어를 신청했다. 역에서 나를 픽업한 농장주 할아버지는 드넓은 포도밭이랑 와인 제조공장을 친절한 설명과 함께 보여주었다. 투어가 끝나자 할아버지는 여기까지 왔으니 드라이브를 좀 하자고 했다. 나 역시 아우토반에 대한 기대감이 있어서 그가 운전하는 차에 올라탔다. 농장과 연결된 도로는 국도여서 할아버지는 규정 속도대로 천천히 달렸다. 그런데 고속도로 진입 표지를 지나자마자 속도를 높이기 시작하더니 쌩 하는 소리와 함께 곧장 시속 160km로 올라섰다. 아니 1분 전에 시속 60km로 달리다가 갑자기 160까지 몰아붙이다니.

"저기 너무 빠른 거 아니에요. 이렇게 운전해도 괜찮으세요?" "걱정 마슈. 여긴 독일의 아우토반이고 이렇게 차가 없을 때는 빨리 달려야 다른 차에 방해가 되지 않아요. 이런 도로에서 천천히 달리면 오히려 훼방꾼이 되지. 독일은 차가 좋아서 이 정도 속도는 괜찮아요. 나는 모젤와인의 시원한 맛처럼 이런 스피드를 자주 즐기며 산다오."

머리칼이 하얀 70세 와인농장 할아버지는 30대를 방불케 하는 속도로 아우토반을 신나게 질주했다. 운전공포증이 있는 나는 당시 30대였지만 할아버지 옆자리에 앉아 눈을 질끈 감고 있었다. '차라리 드라이브가 아닌 화이트와인이나 한잔 마시자고 할 걸.' 지금도 독일의 모젤와인을 마실 때마다 화이트와인처럼 '쏘쿨so cool'하던 할아버지의 스피디한 질주가 생각난다.

내 감정적 온도가 여행의 온도는 아니다.
여행의 속도가 여행의 온도를 달구는 것도 아니다.

다시 유럽에 가더라도 내 여행의 시작이나 끝은 독일의 어느 도시가 될 것임을 안다. 이제 나는 이동수단에도 목적지에도 관심이 없다. 그저 내 가슴이 다시 뜨거워지거나 영혼이 치유되는 여행, 느린 여행이라도 진짜 나를 위한 여행을 하고 싶다.

상상을 현실로 만드는 여행

오래도록 버리지 못한 낡은 액자가 하나 있다. 걸고 싶지만 사진 색깔이 바래서 책장 한구석에 세워놓았다. 제주도여행을 처음 갔을 때 승마체험을 하고 말 앞에서 승마 모자를 쓰고 찍은 사진이다.

나는 동물 위에 올라타는 것에 대한 두려움이 있다. 제주도 체험용 말은 보기에 천천히 걷는 것 같아서 타보았다. 탈 때부터 내릴 때까지 말고삐를 잡고 같이 걸어주는 기수가 있는데도 어찌나 겁이 나던지. 그리고 간사한 게 사람 마음이라더니, 조금 적응이 되자 이젠 뛰어줬으면 하는 생각이 들었다. 툭툭 발길질을 하며 말을 보채니 기수 아저씨가 한마디 했다. "여기 말들은 달리게 훈련되지 않아서 뛰지 않아요. 괜한 발길질하지 마세요."

이런 순한 말을 탔던 게 20대였다. 그로부터 25년이 흘러 가끔 먼지 앉은 액자를 닦을 때마다 말을 타고 너른 초원을 달리는 상상을 했다. 그러다가 꿈만 꿀 것이 아니라 진짜로 말을 한번 타보자고 목표를 세웠다. 고민 끝에 선택한 곳이 몽골 대초원이다.

몽골에 도착하자마자 고비사막 유목민 투어에 참가했다. 몽골은 어디를 가든 말이 있을 줄 알았는데 환경에 따라 키우는 동물이 달랐다. 고비사막에서는 낙타가 제일 중요하다. 그래서 유목민들이 가장 많이 기르는 가축도 낙타와 염소다.

참! 낙타에게 물을 주러 갔을 때 그 등에 한 번 올라타보긴 했다. 파파가 타는 몰이용 낙타를 내가 탄 것이다. 파파는 걸어가면서 낙타에게 소리로 신호를 외쳤고, 내가 탄 낙타는 뛰어 다니며 무리가 제대로 이동할 수 있도록 뒤에서 돕는 역할을 했다.

"낙타도 달릴 줄 아나요? 한번 달려보고 싶어요."
"무섭지 않겠어? 사람들은 위험해서 낙타로 달리고 싶어 하지 않는데."

채찍으로 낙타를 때리면서 몽골어로 뭐라고 소리치니 낙타가 풀쩍 하고 뛰었다. 등이 불룩한 낙타가 달리니 벌어진 다리 안쪽이 아프긴 한데 꽤 스릴 있었다. 낙타가 네 발로 장단을 맞추면서 뛰어가는데 속도도 나쁘지 않다. 제주도 말보다 몽골 낙타가 더 빠르다. 반면에 인도 낙타는 뛰지 않는다. 모래사막을 가로지르며 멀리서 온 손님을 하루 종일 태워야 하고 필요한 짐도 옮겨야 하기 때문이다. 한마디로 인도사막의 낙타는 노동에 적합하게 길들여졌다. 동물은 길들이기 나름이다.

낙타를 30여 분 신나게 타고 나니 살짝 아쉬웠다. 파파한테 달리는 말은 없냐고 물었다. 여기는 사막지대라 낙타가 살기 좋고, 말을 타려면 북쪽 산악지역으로 가야 한다고 했다. 사실 고비사막에서의 유목민 생활이 끝나면 다음으로 예약된 투어가 승마였다.

"하루 동안 어떤 체험을 해보고 싶어요?"

출발 하루 전에 가이드가 일정 확인을 위해 문자를 보내왔다. 나는 하루 종일 말만 타고 싶다고 답장을 보냈다. 다음날 아침 미팅 장소에서 가이드를 만나 차로 이동했다. 내가 탄 승합차는 가는 길에 다른 승객을 몇 명 더 태운 뒤 울란바토르 시내를 벗어나 시골로 향했다. 마을 입구에 접어들자 승마체험 목장을 운영하는 유목민 파파가 우리를 직접 픽업하러 나와 있었다.

몽골도 20년 전의 인도처럼 도로상태가 몹시 좋지 못하다. 여행자들에게 꽤나 불편한 나라인 것만은 분명하다. 승용차를 택시 잡듯 세워서 목적지까지 합승해 다니는 일이 이들에게는 일상이다. 우리는 파파의 차를 타고 농장까지 다시 40여 분을 더 달렸다. 진흙으로 엉망이 된 비포장 도로를 달린다고 생각해보라. 엉덩이가 남아나질 않는다. 이런 상황에 비까지 내려대니 마음이 어두워지려 한다. 다행히 창 너머로 보이는 풍경은 삭막한 고비사막과 달리 초록의 풀과 나무로 가득했다.

"어디에서 왔어요?"

"코리아요."

"오! 코리아 좋죠. 이 차가 한국에서 만든 차인데 정말 좋아요. 일본차보다 훨씬 좋아요. 몽골에서는 한국차가 강하고 속도도 빠르고 최고예요."

이미 그의 승합차는 고물이 되어 덜커덩거리는데 한국차가 최고라는 유목민 파파의 말에 웃음이 났다. 아니나 다를까, 한참 한국차 자랑을 하며 가고 있는데 차 앞쪽에서 연기가 피어오르더니 결국 멈춰 섰다. '아니 드넓은 초원 중간에서 갑자기 차가 고장 나면 어떡하지?' 그때 멀리서 젊은 청년이 오토바이를 타고 나타났다. 파파에게 가져온 물건을 건네자 파파는 덜커덩 소리를 내면서 몇 군데 만지더니 다시 시동을 건다. 알고 보니 청년은 파파와 같은 집에 사는 큰아들이었다. 이런 일이 자주 일어나는지 비가 내리는데 비옷도 안 입고 필요한 연장을 알아서 챙겨왔다.

빗길에 고장 난 차는 멈춰 있지만 두 사람 모두 걱정 없는 사람들처럼 느긋하게 대화를 나눈다. 여름이지만 비가 오고 바람까지 불어 밖은 춥다. 옷을 얇게 입고 와서 밖으로 나가보지도 못하고 차에 앉아 애만 태우고 있다. '비가 이렇게 오는데 말은 탈 수 있을까?' 차 고장으로 시간은 지체되었지만 흑기사 같은 아들의 등장으로 우리는 목장까지 무사히 도착할 수 있었다.

Now or Stop

외부에서 사람이 도착하면 유목민의 환대는 비슷하다. 먼저 마실 것을 내놓고 쿠키랑 과일 또는 고기라도 한 접시 먹게 한다. 오늘 승마체험에는 점심이 포함되어 있어서 유목민 엄마는 도착한 손님들이 바로 먹을 수 있도록 점심을 차려놓고 기다리고 있었다. 식사는 네팔 카트만두에서 먹은 볶음면과 모양이 비슷했다. 몽골, 네팔, 우리나라 모두 같은 인종이라 그런지 면의 맛도 모양도 비슷해서 생각보다 맛있게 먹었다.

식사 중에도 얼른 말이 타고 싶어서 언제 말을 타러 가냐고 물었다. 점심을 먹고 나면 바로 탈거니 일단 많이 먹어두라고 한다. 그러나 속이 불편하면 승마도 힘들까봐 평소보다 적게 먹고는 기대감에 부풀어 챙겨온 비옷과 산쵸를 모두 꺼내 입었다. 그러고도 날씨가 불안해서 머리에는 모자를 쓰고 목에 머플러까지 둘렀다. 나름 단단히 무장을 하고 비장한 마음으로 밖에 나가니 큰아들이 말에 안장을 얹고 있었다.

"나는 어느 말을 타나요?"
"특별히 오늘은 이 말을 탈 거예요. 다른 말들과는 달릴 때
스텝이 좀 다른데 아주 좋은 말이죠."

말도 종류에 따라 걸음걸이가 다르다니 신선한 정보다.
말이란 그냥 본능적으로 달리기만 할 줄 알았는데 어떻게
다를까?

오늘의 승마체험을 위해 유목민 큰아들은 몽골 전통의
상을 입고 있었다. 나한테는 발목 보호를 위해 두꺼운 가죽
천이 둘러진 승마 부츠를 신으라며 준다. 승마용 신발까지
신고 나니 제대로 몽골 승마선수가 된 기분이었다. 파파는
아들이 셋 있는데 큰아들은 매년 마상대회에 나갈 정도로
선수라고 자랑을 했다. 내 옆에서 밥을 먹던 코흘리개 막내
도 따라 나오더니 옆에 있는 말 하나를 잡아타고는 초원으
로 사라진다.

"어머 저 꼬마도 말을 타네요. 몇 살부터 말을 타기 시
작한 거예요?" "여기서는 서너 살 넘으면 아이들도 말을 타
요. 일단 이 말을 타세요. 저는 저 말을 타고 따라갈게요. 가
이드도 같이 가서 두 사람이 양쪽에서 호위할 테니 걱정은

안 해도 됩니다."

큰아들이 나를 먼저 황색 말에 태운다. 그의 말보다는 몸집이 작은데 달리는 실력은 다른 말보다 뛰어나다며 안심하라고 말한다. 그런데 내가 올라타자마자 말이 움직여서 깜짝 놀랐다. "으악! 이건 아니잖아요. 떨어지면 어떡해요. 말 좀 잡아주세요!" 너무 놀라 소리를 지르니 큰아들이 뛰어와서 말고삐를 잡고 멈춰 세운다.

"아니 말이 이렇게 주인 허락도 없이 혼자 가도 돼요? 살짝 걱정되는데요." "오늘 좀 이상하네요. 말이 이렇게 혼자 움직이지 않는데 손님이 마음에 드나봅니다." "고맙긴 한데 오늘 승마하기도 전에 떨어져 죽는 줄 알았어요."

십 년 감수한 마음을 부여잡고 말을 탄 채 갈기를 쓰다듬어주었다. 말과의 첫인사는 아찔했지만 이 말이 나의 오랜 숙원을 풀어줄 것 같다는 기분 좋은 느낌이 들었다. 승마의 꿈을 위해 몽골까지 온 만큼 나도 조금은 담대해질 필요가 있었다. 마음은 파동이어서 내가 불안하면 동물에게도 그대로 전이된다. 나는 다시 한 번 편안하고 친근한 목소리로 말의 이름을 부르며 머리를 부드럽게 쓰다듬어주었다. "오늘 하루 잘 부탁해."

세 사람 모두 말고삐를 잡고 목장 밖으로 향했다. 경주마 세 마리가 산을 향해 천천히 걷기 시작했다. 5분 정도 걸어가는데 달리고 싶다는 생각이 들어 가이드한테 먼저 말을 걸었다. 큰아들은 정말이냐며 얼굴을 돌려 확인을 한다. 나는 '예스!'라는 뜻으로 엄지를 세웠다. 그가 고개를 갸우뚱하더니 내 말에 채찍을 가한다. 주인한테 한 대 맞은 말은 독일 아우토반을 달리는 자동차처럼 쌩하니 내달렸다. '와! 이렇게나 빨라!' 너무 빠른 속도에 제대로 소리도 지르지 못할 정도였다. 다행히 두 남자가 달려와 줘서 말은 멈추고 마음도 안정이 되었다.

달리던 말이 다시 걷는데 확실히 달릴 때와 걸을 때의 스텝이 달랐다. 처음 말을 타고 달려봤지만 말이 달릴 때는 말과 내가 하나의 움직임으로 가야 한다. 말이 곧 나이고 내가 말이 되어 혼연일체로 달려야 말도 나도 힘들지 않다. 말이 빠른 속도로 달려가는 그 순간의 감정은 이루 표현할 수가 없다. 그러나 승마는 생각보다 체력 소모가 컸다.

"사람만 힘든 게 아니에요. 계속 달리기만 하면 말도 지치죠. 그래서 걷다가 달리다가 반복하면서 가야 해요. 시간이 되면 자유롭게 풀 뜯어 먹을 시간도 줘야 하고요. 그래도 승마가 처음이라면서 이 정도까지 달린 건 정말 잘 타시는 거예요."

초원을 달리고 싶었던 것은 맞지만 이렇게 빗속을 달릴 줄이야! 마치 영화의 한 장면처럼 나는 몽골 대초원을 멋지

게 달리고 있었다. 분명 처음인데 승마를 오래 즐긴 사람처럼 자연스럽게 그들과 어울렸다. 비가 내리는 초원은 구름 낀 회색이지만 내 마음은 실시간으로 화창한 하늘색이었다. 액자에서 비롯된 오랜 상상이 현실이 된 순간이다. 나는 지금 진짜로 초원을 달리고 있다.

꿈꾸던 일이 현실이 되는 순간,
여행자의 시간에 특별한 감동이 더해진다.

아름다운 눈빛을 가진 말이 테를지^{Terelj}국립공원 산자락에서 여유롭게 풀을 뜯고 있는 모습을 조용히 바라본다. 나를 태우고 무사히 달려준 말이 고마워 쓰다듬고 끌어안으며 마음으로 감사를 전했다. 초원에는 온갖 색깔의 야생화가 가득 피어 있고, 나는 꽃보다 황홀한 감동으로 꿈을 이룬 행복에 젖었다.

"목장으로 돌아가는 길인데 얼마나 더 달리고 싶어요?"

"체력으로는 5분을 버티기 힘들 것 같은데 단 한 번이라도 10분 이상 달리기에 도전하고 싶어요."

우리는 빠른 진행을 위해 간단한 영어 신호를 정했다. 'now' 하면 달리고 'stop' 하면 멈추기로 했다. 그렇게 now와 stop을 반복하며 세 마리의 말이 초원을 신나게 달렸다.

10분 연속 달리기는 생각보다 힘들었다. 말이 걸어가다 뛰는 스텝으로 바꾸면 5분을 버티기도 힘들다. 말은 달리면 달릴수록 속도가 빨라지지만 나의 하체는 그만큼의 저항을 이겨내지 못하고 근육이 풀리면서 몸에 균형을 잃는다. 순간에 심취해 "stop"을 외치지 못하고 속도에 집착하면 그때 사고가 나는 것이다.

우리는 살면서 앞만 보고 달리려는 질주의 욕망을 갖고 있지만 사실은 'go'보다 'stop'을 잘하는 사람이 되어야 하지 않을까. 몽골 대초원은 경계 없이 무한한 공간처럼 펼쳐져 있다. 그러나 승마도, 여행도, 삶도 멈춰야 할 때 멈출 줄 아는 지혜가 필요하다.

"보통 관광객들은 이렇게까지 오래 안 타요. 사진을 찍기 위해 말을 타긴 하지만 보통 30분 안에 끝내죠. 가끔 영국이나 러시아에서 온 여행자들이 유목민과 함께 숙박도 하면서 며칠씩 말을 타는데 그들도 달리려는 목적보다는 그냥 말을 타고 초원을 산책하는 것으로 재미를 느껴요. 제가 10년 이상 가이드를 하고 있는데 이렇게 오래 달린 여행자는 처음이에요. 저는 내일부터 몸살 날 것 같아요."

솔직히 내 체력도 바닥이 났다. 그러나 멀리 목장이 보이자 마지막 질주를 하고 싶어서 또 "now"를 외쳤다. 그때 이미 가이드는 달리기를 포기하고 천천히 걸어오고 있었고, 큰아들만 내 속도에 맞춰 끝까지 함께 달려주었다.

말을 잘 타는 가이드도 오늘의 마지막 질주를 포기했는데 나랑 같이 두 시간을 달려준 말이 얼마나 고맙고 대견했는지 모른다. 그녀는 아마도 내가 오랜 꿈을 안고 몽골에 온 것을 알고 있었던 것 같다. 처음에 올라타자마자 움직이는 바람에 내가 겁을 먹긴 했지만 그녀는 진작 내 마음속에 감춰진 질주 본능을 알아챈 것이다. 큰아들조차 말이 평소엔 안 하던 행동이라며 이상하다고 말한 것처럼, 그녀는 내가 "now"를 외치기도 전에 먼저 뜀박질할 준비를 하며 거친 숨을 내뿜고 있었다. 잘 훈련된 경주마라 숨소리는 거칠어도 얼마나 부드럽게 잘 달리던지.

동물과 하나 되어 이렇게 행복하기는 처음 느껴보는 감정이었다. '아마도 내 전생의 어느 페이지를 펼치면 말 달리는 유목민이지 않았을까?' 몽골의 푸른 초원과 갈색 말 그리고 나. 우리는 대자연 속에서 삼위일체가 되어 함께 호흡하며 신나게 달렸다. 초원을 달리며 말과 하나 되는 기분을 느껴보니, 전생에 내가 북방 기마민족이었다는 생각이 확신처럼 다가왔다.

돌아오는 차 안에서 가이드는 아마 내일부터 심한 몸살이 올 거라면서 약국에서 진통제를 구입하라고 권했다. 그러나 내 몸은 알고 있다. 나는 절대 아프지 않을 것이다. 고비사막에서 낙타를 탔을 때는 그 낙타와 하나가 되지 못해서 30여 분 타고도 3일간 허리부터 다리까지 온몸이 아파 기어 다녔다. 그러나 오늘은 25년 가까이 품어온 꿈이 현실이 된 날이고, 마음이 간절했던 만큼 말과 하나 되는 시간도 빨라서 오히려 말 타기를 통해 내 몸의 탁기가 다 빠져나가는 기분이었다.

동물에 대한 나의 오랜 두려움도, 벽에 걸지 못한 먼지 쌓인 액자에 대한 기억도 모두 지워진다. 내가 가진 꿈들을 이룰 수 있으리라는 희망이 그 자리를 채운다. 모든 것이 정리되고 빠져나가는 시간, 그것이 이날 내가 몽골에서 초원을 달리며 얻은 소중한 경험이었다.

숙소에 도착하니 초원에서 사우나를 하고 온 듯 개운하고 몸이 가볍다. 초원을 달린 건 말이지만 내 심장은 아직 달리고 있다. 인간관계도 오늘 말과의 교감에서 느낀 것처럼 상대방의 좋은 파동, 나쁜 파동에 따라 지혜롭게 잘 대처할 수 있다면 얼마나 좋을까. 사람도 동물도 함께하기 위해서는 마음을 먼저 맞추는 노력이 필요하다.

내가 운전을 한다면?

내가 수영을 한다면?

여행을 좋아하지만 질색하는 것이 있다. 바로 운전과 수영이다. 나의 이상형은 내가 못가진 걸 가진 남자다. 당연히 운전을 즐길 줄 알고 수영도 잘해야 한다. 거기에 요리까지 잘하면 상황 종료다.

내가 못하는 걸 상대에게서 찾으려는 보상심리가 병의 시작이다. 여행자의 욕심은 여지없이 깨진다. 그러니 그냥 내가 두 가지를 모두 잘한다고 생각하고 떠나는 픽션 여행을 시작해본다. 내가 다시 태어나거나 최면치료를 해서라도 이 두 가지 장애를 해결할 수 있다면 내 여행 인생은 어떻게 달라졌을까?

미국으로 간다.

대륙횡단열차는 타보았으니 이제 자동차로 무한질주 지평선을 달린다. 멕시코에서 알래스카 앵커리지까지 종단을 하거나 시카고에서 뉴올리언스까지 미시시피강을 따라 루트 66을 달리고 싶다. 그리고 재즈의 도시이자 방콕이 생각나는 항구도시 뉴올리언스에서 해산물요리를 맛있게 먹고 싶다.

스페인 이비자 섬으로 간다.

수영복을 색상별로 준비해서 섬에 도착한다. 그리고 하얀색 돛을 단 요트를 전세 낸다. 요트는 바람을 따라 항해를 시작하고 나는 비키니수영복을 입고 선상 데크에 앉아 선탠을 한다. 아니다, 먼저 바다와 어울리는 시원한 화이트와인을 한잔 마셔야겠다. 한 방울 살짝 바다에 떨어뜨려 물고기들에게 짧게 인사한다.

오후의 태양은 너무 뜨거워서 요트 안에 들어가 책을 읽거나 음악을 들으며 낮잠을 잔다. 해가 어둑해질 무렵 일어나서 일몰을 감상한다. 수영복 위에 가운을 입고 갑판에 눕는다. 오후에는 어부가 잡은 물고기로 회를 떠서 한 접시 먹는다. 이번에는 일몰을 감상하면서 레드와인을 마신다.

아침마다 수영을 하면서 물고기와 인사하고 오후에는 고기잡이배를 따라 바다낚시를 한다. 매일 저녁 일몰을 보면서 푸짐한 해산물과 와인을 마신다. 낚시가 지겨우면 바다수영을 하거나 스

노클링을 해도 좋겠다. 놀다가 체력이 소진되면 요가매트를 깔고 잠시 휴식한다. 그리고 어둠이 완전히 내리면 밤하늘의 별을 헨다. 해가 지면 달이 뜰 것이고 곧 많은 별들이 나타날 것이다. 플라밍고 음악을 크게 틀고 달빛 아래 춤을 춘다.

상상하는 꿈의 여행은 끝났다.

일어날 수 없는 일이기에 미련만 남는다. 실현 가능한 그림은 미국에서는 국내선 타고 날아다니고, 이비자 섬에서는 바다가 아닌 물 좋은 클럽에서 놀면 된다. 여행의 목적이 행위인가 기억인가. 실제로 할 수 없다면 상상도 하지 마라. 아무것도 할 수 없고 아무 춤도 출 수 없다. 나는 지금 물속이 아닌 꿈속에 빠져 있다.

출근시간이 지난 2호선 전철은 한산하다.

전철을 채운 사람들이 하나둘 내리자

창 너머로 아파트가 보이기 시작했다.

전철이 지상으로 올라서면서부터 시선이 즐겁다.

한강이 유유히 흐르고 아파트가 전철과 함께 달린다.

순간 베를린의 아침이 생각났다.

PART 3.

소소한 일상의 재발견

예쁜 카페를 탐닉하다

아침부터 봄 날씨의 화사한 느낌만큼이나 마음이 상쾌하다. 오늘은 미세먼지 제로라며 친구가 문자로 말을 건다. 서울에 살아도 도시에서 마음 편하게 커피 한잔 할 수 있는 히든 플레이스가 없다. 커피를 좋아하는 친구는 지난주부터 은평한옥마을에 있는 브런치카페에 가보자며 검색한 내용을 이미지로 전송했다. 우리가 주고받는 정보는 모두 인터넷 검색을 통해 스마트폰에 저장된다.

'전주한옥마을도 북촌한옥마을도 아닌 은평한옥마을이라고?' 장소를 검색하니 전철도 다니지 않는 북한산 밑자락에 있다. 차를 이용하지 않는 사람들은 전철이 닿지 않는 곳이 무척 불편한데 주중에도 길게 줄을 서는 카페라고 해서 일단 약속을 잡았다.

버스 두 번 타면 목적지는 가까이에 있다. 출근시간을 벗어나서 움직이면 어딜 가도 예상보다 일찍 도착한다. 목적지까지 여유 있게 이동시간을 잡고 집을 나서니 약속보다 30분 먼저 도착했다. 서울 시내를 북쪽으로 30분만 달려도 이렇게 시골정취가 물씬하다. "와! 전주까지 안 가도 서울에서 한옥의 즐거움을 만날 수 있는 곳이 있네." 친구는 스스로 검색한 결과에 기뻐한다.

에스프레소 한 잔을 들고 넓은 창을 통해 마을을 본다. 도심을 벗어나 북한산자락에서 맞이한 평일의 아침. 외국도 아니고 서울에서 짧은 시간만 투자해도 이런 여유가 생긴다. 사실 집을 나서면 그곳이 어디든 여행지다. 버스를 탄 여행자, 길을 가는 여행자, 산길을 걷는 여행자. 오늘 여행의 테마는 커피 산책이다.

북한산의 삐져나온 바위들처럼 건물 외벽은 회색과 블랙 톤으로 연출했지만 섬세한 인테리어에서 커리어를 갖춘 주인의 감각이 느껴진다. 나는 유행을 타지 않는 카페가 좋다. 몇 년 전부터 유행한 뉴욕 맨해튼 스타일의 회색 카페들, 노출된 돌과 바닥의 라이브한 느낌 그리고 시멘트벽에 아무것도 걸지 않은 심플함. 그런데 나는 속을 그대로 드러낸 카페를 보면 마음이 횡하다.

"이게 요새 유행이야. 단순한 게 왠지 멋있지 않아?"

그러나 나는 이런 공간에 있으면 불안하다. 유행하는 트렌드는 파리나 밀라노의 패션무대처럼 수시로 바뀐다. 도시의 네온사인만큼 어지러운 유행에 현기증이 난다. 그럼에도 유혹의 덫에 걸린 사람처럼 일단은 찾아가서 눈으로 현장을 확인한다. 그리고 망각한다.

나는 솔직히 집보다 카페 인테리어에 관심이 더 많다. 마음에 안 들면 들어갔다가 바로 나오기도 하고, 마음에 들면 사진을 찍어서 보고 또 본다. 사무실보다 사람 만나는 공간에 더 많은 애정을 쏟는 나는 이런 카페투어를 취미처럼 즐기고 반드시 토를 단다.

"이거 유행 지났잖아. 지금 누가 그런 거 좋아해? 너무 구려." "네네. 외국에서 많은 걸 보고 다녀서 뭔들 마음에 드시겠어요. 그래도 다 전문가들의 감각으로 만든 곳이니 그냥 커피 맛있게 드세요." "제발 남 신경 쓰지 말고 그냥 기분 좋게 마시고 가자."

친구들은 까칠한 나의 지적을 언어로 모함한다. 그렇다. 남이 비싼 돈 들여 꾸민 카페 인테리어에 대해 지나가는 행인은 감히 평가하면 안 된다. 그러나 나는 한 번도 조용히 지나간 적이 없다.

외국에 가면 할아버지 바리스타가 운영하는 골목카페에 앉아서도 마음이 편안해지는데 왜 한국은 잘생긴 청년들이 커피를 내려줘도 마음이 불편할까. 나의 공간에는 커피 내려주는 꽃남도, 서빙하는 예쁜 언니도 필요 없지만 카페를 찾아 즐기는 취미는 여전하다. 맛으로 유명한 카페,

장소로 유명한 카페, 인증샷 남기기 좋은 카페 등등.

오늘의 카페는 멀리 보이는 건 북한산
창 너머 풍경은 한옥
건물 외관은 그레이 모던
실내는 뉴트로와 레트로의 콤비네이션.

마치 종합선물 세트처럼 잘 조합된 이런 카페에서 오래 머물 수 있는 건 장소와 분위기가 아니라 친구라는 말벗이 있기 때문이다. 나의 공간으로 누군가를 불러들일 수 있는 정감 있는 카페, 함께 머물고 싶은 사람이 생각나는 인간미가 느껴지는 카페가 나는 그립다. 내가 한번 꾸며볼까? 오늘 저녁 커피는 혼자 마셔야 하나?

아름다운 외출

'어머! 벌써 9시 15분이네.'

예상과 달리 늦게 시작한 아침. 당황스럽다. 지금 바로 뛰어나가도 약속시간에 늦을 수 있다. 그러나 샤워도 안 하고 나가려니 오늘 잡힌 약속들이 신경 쓰인다. 첫 약속이 10시 30분이니까 한 시간도 안 남았다.

대한민국의 미인은 압구정동 청담동 일대에서 만들어진다는데 강북에 사는 내가 강남까지, 그것도 청담동까지 가려면 지금 이 꼴로 당장 뛰쳐나가야 한다. 외출에는 최소한의 예의가 필요하지만 가볍게 얼굴만 비누로 씻고 로션 한 개 바르고 집을 나섰다.

출근시간이 지난 2호선 전철은 한산하다. 잠이 깨지 않은 피로감에 휴대폰을 열고 싶지도 않고, 한가로운 이동시간을 그저 편안하게 보내고 싶어서 가만히 앉아만 있다. 전철을 채운 사람들이 하나둘 내리자 창 너머로 아파트가 보이기 시작했다. 전철이 지상으로 올라서면서부터 시선이 즐겁다. 한강이 유유히 흐르고 아파트가 전철과 함께 달린다.

순간 베를린의 아침이 생각났다.

서울의 1.5배 크기인 베를린 구석구석을 달리는 대중교통 S반은 서울 1호선처럼 국철이자 지하철이다. 다시 보니 창밖으로 비춰지는 건물에 차이가 있다. 베를린엔 웅장한 대리석 건물이 많지만 지금 서울은 서민들의 생활공간인 아파트 단지가 많다. 우리나라는 도시 자체가 사람이 모여 사는 곳이고, 유럽 안의 섬 같은 베를린은 공동의 문화가 존재하는 곳이라 그렇다.

이렇게 서울에서 전철을 이용하면서 한 번도 외국 도시를 떠올린 적이 없었다. 이 구간을 포함해 한강의 수많은 다리를 지하철로 한두 번 건너다닌 것도 아닌데 오늘에야 베를린을 생각하다니. 아, 베를린···. 내가 사랑한 허름한 골목카페, 공원 주변의 벼룩시장 그리고 도시의 역사를 말해 주는 벽화가 연이어 생각난다.

환승역을 몇 번 지나며 영어와 일어 안내방송을 들으면서도 잠시 내가 외국인 여행자인 줄 착각했다. 멍하니 창너머에 시선이 팔려 어디로 가고 있는지조차 잊었다가 잠깐 클릭한 지하철 노선도에서 이미 환승역을 지나쳤다는 것을 깨달았다. 그것도 세 구간이나 지났다.

얼른 내려 반대방향 계단을 오른다. 아침부터 예정에 없던 베를린 상상여행을 하는가 싶더니 이런 실수를 하고야 만다. 제대로 갈아탔어도 늦을 뻔했는데 세 정거나 되돌아가려면 이미 늦다. '전철을 몇 개 지나쳐서 10여 분 늦을 것 같아요.' 문자를 전송하고 빠른 걸음으로 이동한다.

"요새 연애하세요? 어떤 타입의 남자한테 호감이 가세요?"

"전 털 콤플렉스가 있어서 눈썹이 짙은 남자한테 매력을 느껴요. 신체에서 제일 먼저 보는 것도 눈썹이구요."

눈썹이 매력적인 그녀는 숲이고 나는 해변이다. 해변에 나무를 심어도 무성하게 자라지 못하는 것처럼 인공 눈썹은 임시로 염료를 써서 색을 채울 뿐 오래가지 않는다. 그래서 반영구라고 한다. 그러나 아름다움은 본디 창조다. 없으면 그려 넣으면 된다. 여자들이 아름다움에 신경 쓰면 지출할 곳이 너무 많다. 나는 유일하게 반영구 눈썹만 그리고 있다.

그렇다. 내가 아침부터 서둘러 온 첫 일정은 청담동 미용숍에 들르는 거였다.

"어머, 눈썹이 없네. 화장 지우고 보니 웃기다."

아이슬란드에서 가장 유명한 옥색의 빙하온천장에서 한참 기분을 내며 물놀이를 하고 있는데 친구가 한마디 했다. 여자의 눈엔 여자 얼굴이 리얼하게 보인다. 사실 여자들 화장 지우고 예쁜 사람은 미인이고 물에 빠져도 예쁘면 모태미인이다. 내 경우엔 사라진 눈썹을 관리 안 하고 여행 갔더니 이런 민망한 순간이 온다. '세계 최고의 온천관광지인 블루라군Blue Lagoon에서 이렇게 불성실하게 관리된 민낯 얼굴을 드러내다니. 한국에 가면 눈썹부터 그려야겠어.'

솔직히 말하자면, 20대 중반에 단골로 다니던 미용실에서 아줌마들의 공동구매에 동참해 영구눈썹을 한 것이 여태 말썽거리다. 아름다움에는 영구가 없는데 무슨 맘으로 50대 아줌마들 사이에 끼어 그 나이에 영구눈썹을 따라했을까. 시간이 흘러 이제 나도 50이 다 되었지만 아직도 인정하고 싶지 않은 선택이자 나의 큰 변화 시점이었다. 살아온 나이만큼 인상도 바뀌고 화장법도 바뀌는 법인데 내 눈썹은 20대부터 영구히 정해진 라인이다. 지금은 그대로 유지하는 게 아니라 돈을 주고 그 흔적을 지워내야만 한다.

"이렇게 영구눈썹으로 남겨진 푸른 흔적은 평생 갖고 사는 수밖에 없어요. 눈썹도 유행이 있어서 오히려 반영구를 하면서 눈썹 스타일에 변화를 주는 게 좋아요."

눈썹이 짙어서 그리지 않아도 되는 사람은 매일 그려야 하는 사람의 불편을 모른다. 외모에 상관없이 눈썹을 그리지 않아도 되는 아침이 얼마나 고마운 것인지. 이렇게 영구적으로 각인된 눈썹은 세 차례에 걸쳐 작업을 해야 자연스러워진다며, 젊은 시절 선택한 나의 흔적에 대해 원장 언니는 웃으며 말한다.

작은 변화지만 아름다운 시간들을 위해 나는 선택해야한다. 오늘 탄 서울지하철에서 베를린이 생각난 것처럼, 어느 순간 지나간 시간이 떠오를 수 있다. 나에겐 되돌릴 수 있는 시간이 있고, 돌아갈 수 없는 시간도 있다. 아름다움의 추구에 끝은 없지만 흐르는 강물처럼 살고 싶어도 물은 멈춘다. 둑이 있어 소용돌이가 생기기도 하고 돌다리에 걸려 흐름이 멈추기도 한다.

"더운데 왜 민소매 옷을 안 입으세요?"

나는 서른이 될 때까지 겨드랑이가 보이는 옷을 입지 않았다. 아무리 더워도 얇은 긴팔이나 반팔 정도를 입고 살았다. "사실 겨드랑이털이 보이면 실례가 된다고 해서 민소매를 안 입어요." "그럼 자르면 되죠." "내 몸에 난 털을 왜 깎아요? 남자들은 겨드랑이 털을 그대로 달고 사는데 왜 여자들은 없애는 게 좋다고 생각하는지 그 이상한 논리가 납득될 때까지 이렇게 살래요."

이런 내 고집은 서른 살이 된 기념으로 한 번 꺾이긴 했다. 그러나 당시에도 남녀의 신체에 대한 불합리한 인식 차이를 인정할 수 없었다. '난 몸에 털도 많지 않은데 왜 있는 털까지 없애야 하는 거지?' 그래서인지 눈썹에 붙은 털에도 집착이 많다. 그나마 여행을 가면 획일적인 편견들로부터 숨통이 트여 다행이었다. 남녀의 차이는 있지만 각자의 개성이 존중되는 다문화적 사고가 나를 자유롭게 했다. 여자라도 군화 신고 군복 반바지를 입어도 되고, 남자들도 자기 멋대로 화장을 한다.

아무튼 그렇게 오랜 세월을 다른 사람들 속에서 나를 주장하고 이해시키려 목소리를 높이며 발악한 적이 많았는데 오늘은 발악은커녕 일말의 까칠함도 없다.

"그냥 알아서 그려주세요."

영원한 것은 없으니 오늘 그녀의 손길에 나를 맡긴다. 아름다움도 만들어지는 시대에, 그저 편안한 마음으로 하루를 기분 좋게 보내면 그만이다.

코로나19가 가져다준
고요한 일상

사람은 보이는데 얼굴이 보이지 않는다.

모두가 코까지 가려진 마스크를 쓰고 눈만 내놓고 있다.

　전철을 타면 타인의 지친 얼굴을 보면서 나의 하루를 위로받기도 하는데 이제 그런 얼굴이 없다. 힘들 때는 힘든 얼굴로 위로받고 기쁠 때는 그들의 환한 미소로 함께 유쾌해지곤 했다. 그러나 최근에는 이동거리와 머무는 공간에서 타인의 얼굴을 볼 수가 없다. 그저 눈만 내놓고 있을 뿐 그 눈도 쳐다보기 어렵다. 어떻게라도 노출된 눈은 정면보다는 손에 쥔 휴대폰을 보고 있는 시간이 많다.

　미디어의 재잘거림에 현혹되어 스마트폰도 바쁘게 뉴스 페이지를 갱신하고 있다. 잠시의 이동도 걱정스러운 요즘이다. 아니, 미디어가 더욱 그렇게 느끼게 만든다. 한국에서의 시간이 외국에서 여행할 때보다 더 불안해졌다(비단 한국의 상황만은 아니지만).

나란 여행자는 미디어에 그다지 관심이 없다. 미디어에 시간을 빼앗겨도 좋을 만큼 단순한 현재를 살고 있지 않다. 굳이 본문까지 읽지 않고 헤드라인만 훑어도 상황을 파악하는 데는 충분하다. 세상은 뉴스거리로 넘쳐난다. 이슈가 클수록 뉴스 제목은 자극적이다. 그럼에도 쉽게 낚이지 않는 건, 세상 돌아가는 소식을 너무 직접적으로 접하지 않고 사람들을 통해 간접적으로 읽으며 내부충격을 완화하고 싶기 때문이다.

2002년 사스가 처음 발생한 홍콩이 피해야 할 여행지 1순위였을 때의 일이다. 나는 30대가 되면서 해도 해도 채워지지 않는 구멍 뚫린 항아리처럼 세계 일주에 돈과 시간을 쏟아 붓고 있었다. 마침 여행시장이 극도로 안 좋아지면서 이때다 싶은 마음에 내 인생 최장기 배낭여행을 준비했다. 그것도 피해야 한다는 홍콩을 경유하면 비행기가 가장 싸진다는 것을 알고 홍콩 경유 인도행 티켓을 일부러 찾고 있었다.

나를 아는 모든 사람이 내가 사스가 발발한 홍콩을 거쳐 간다는 사실을 알고는 미친 짓이라며 여행을 만류했다. 그러나 하지 말라면 더 하고 싶은 게 나 같은 일탈형 여행자의 속성이라 나는 쾌재를 부르며 배낭을 꾸렸다. 당시 내 체력으로는 동네 공원 벤치에 앉아 잠을 자거나 기차역 플랫폼에서 밤을 새워도 피곤하지 않을 때라 어디를 간들 겁나는 게 없었다. 결국 최종 선택한 티켓은 홍콩공항에서 12시간을 체류하는 최저가 항공권이었다(공항에서 오래 머물수록 가격이 저렴하다).

여행이란? 누군가는 꼭 피하고 싶은 지역이지만 그런 도시를 일부러 찾아가는 알뜰한 여행자도 있는 법이다.

친구들은 묻는다. 왜 여행을 하는지. 죽으려고 여행하는 게 아니면 피할 건 피해야 하지 않느냐며. 나는 대답한다. 모름지기 언제 어디서 무슨 일이 일어날지를 모르고 예측불허의 즐거움을 찾아 떠나는 것이 여행인데 왜 죽음을 염려하느냐고.

옛날 얘기지만 내가 그렇게 죽을 목숨이었다면 일곱 살에 부산 친척집에 놀러가서 교통사고가 났던 그때 죽었어야 했다. 골목에서 동네 아이들과 뛰어놀다가 달려오는 트럭에 부딪혀 허공에 붕 떴다가 아스팔트 바닥에 내동댕이쳐졌다. 그때 운이 나빴다면 즉사, 아니면 평생 불구자로 살 수도 있는 상황이었다. 그 일은 부모님조차 딸이 교통사고로 병원에 입원한지도 몰랐을 정도로 감쪽같이 지나갔다. 할머니의 비밀작전 덕분에 나는 이마에 상처만 살짝 남긴 채 무사히 퇴원했고 누구도 걱정시키지 않았다. 아무렇지도 않게 초등학교 입학식 하루 전날 밤에 시골에 있는 우리집에 잘 도착했으니 말이다.

캄캄한 밤하늘에 잠깐 빛났다 사라지는 별처럼 나는 병원에서의 힘든 시간을 모두 리셋해버렸다. 그때 나는 부산에서 잘 놀다온 개구쟁이였을 뿐이다. 가족들은 나중에야 사고 얘기를 들었지만 평소처럼 잘 뛰어노는 나를 보고 별일 아닌 듯 받아들였다. 당시 엄마는 연락 가능한 통신수단이 없어서 교통사고를 늦게 알았고 어린 형제들은 내가 사고를 당했는지도 몰랐다고 한다. 그러나, 어린 나는 감정을 드러내진 않았지만 사고당한 병원에 아무도 찾아오지 않았다는 사실에 원망과 피해의식이 생겼던 것 같다. 병원에 홀로 내버려진 나는 가족의 보살핌도 없이 치료를 받았고, 그 트라우마로 아직도 병원에 가는 게 두렵다.

'교통사고가 났을 때 그냥 죽었어야 했을까? 난 혹시 주워온 자식일까?' 의문이 꼬리에 꼬리를 물고 매일 밤 침상 머리에서 나를 괴롭혔다. 그래서 부산은 물리적으로나 정서적으로 여전히 내게 먼 곳이다. 부산에서 대학을 졸업했지만 추억이 없다. 해운대 광안리에서 수영 한 번 한 적 없고 데이트를 해본 적도 없다. 내게 한국의 부산은 독일의 뮌헨보다 낯설다. 부산에서 보낸 시간들을 전혀 기억하지 못한다. 잊고 싶은 기억은 잊어버린다. 나는 지금도 부산으로 돌아가고 싶지 않다.

"너라는 아이는 좀 이상해. 평소 말하는 것도 그렇고 행동도 그렇고. 아무래도 교통사고후유증인 것 같아. 지금은 어디 아픈 데 없니? 아무래도 그때 뇌가 좀 손상된 게 아닐까?"

걱정 반 위로 반. 이미 지워버린 교통사고의 기억을 굳이 떠올리고 싶지 않지만 그 얘기를 아는 사람들은 가끔 내가 이상하다고 말한다. "뭐가 이상해? 난 정상이야." "아니, 네가 정상이라고 생각하는 그 자체가 비정상이야." 10년을 알고 지낸 언니가 마흔이 되었을 때 한 말이 아직도 뇌리에 남아 있다.

맞다. 나는 그들보다 개성이 강하고 자유로운 사람이며, 솔직하고 당차며 겁도 없다. 그러나 나는 모든 바퀴를 무서워한다. 자전거도 탈 줄 모르고 오토바이 뒤에 앉아서도 불안해서 눈을 감는다. 1종 보통 초록 운전면허증을 가지고 있지만 연수받다가 강사가 나를 포기했다. 내 삶은 어릴 때의 교통사고와는 상관없이 잘 굴러가는 줄 알았는데 지금까지 어떤 바퀴 달린 것도 운전하지 못하는 걸 보면 정신적 후유증이 남아 있는 것도 같다. 그래서일까. 나의 여행은 언제나 기차와 버스를 중심으로 한 대중교통으로 시작되었다. 여행 가서 하루에 16시간을 걸어도 자전거 한 번, 렌터카 한 번 빌린 적이 없다. 피곤하다. 그래도 좋다. 걸어 다녀도 신난다.

"차 가지고 오셨죠? 어디에 주차하셨나요?"

서울에서 만나는 사람들은 미팅이 끝나면 주차장부터 찾는다. 나는 길 위에 앉아 허비하거나 주차를 하지 못해 헤매는 시간이 없다. 주차딱지를 떼여본 적이 없고 속도위반을 한 적도 없다. 비상시에만 신분증으로 사용하던 운전면허증조차 잃어버린 지금, 새로 발급받을 필요성을 못 느끼고 있다. 그래서 전 세계에서 살고 싶은 도시를 고를 때도 나는 대중교통이 편리한 도시를 꼽는다. 겨울엔 스페인 마드리드이고 여름엔 독일 뮌헨이다. 자동차가 필요 없는 서민적인 도시, 여행자가 밤에도 편하게 걸어 다닐 수 있는 안전한 도시, 그런 도시가 또한 서울이다.

오늘도 전철을 타고 강남으로 미팅을 간다. 평소와 다른 건 옷을 좀 더 신경 써서 입고 머플러로 포인트를 준 것뿐이다. 그래도 강남인데 하며 신경이 쓰인다. 내게 강남은 독일의 대도시보다 불편하다. 남의 눈을 의식해 챙겨 입어야 하고 괜히 신경 써서 걸어 다니게 된다.

여행을 가면 몸치장할 이유가 없고 신경 쓸 시선도 없어서 좋다. 멋이 없어도 자유가 있다. 나의 캐리어에는 언제나 유행 지난 옷들과 사이즈가 작아서 못 입는 옷들이 담겨 있다. 그리고 여행 중에 매일 한 꺼풀씩 벗겨낸다. 여행가서 버릴 게 너무 많다. 옷도 버려야 하고 마음도 비우고 와야 한다. 여행 초반에 불룩했던 가방은 여행이 길어질수록 가벼워진다. 마지막으로 귀국할 때 고장 난 캐리어까지 버리고 온 적도 많다. 한때 유행한 미니멀라이프는 생활에만 적용할 것이 아니라 여행에서 더 필요하다.

서울에서의 미팅 장소는 대부분 고층 건물이다. 그래서 에스컬레이터를 타거나 계단을 걸어 올라가면 내비게이터에 의존하지 않아도 목적지가 쉽게 보인다. 차로 왔으면 건물 주차장으로 가서 신속하게 주차하고 엘리베이터를 타고 올라가겠지만 나는 그 시간에 건물 주변을 둘러본다. 이쪽 동네 맛집은 뭐가 있는지, 직장인들이 즐겨 찾는 카페 분위기는 어떤지, 우리 동네에 없는 간식으로 무엇을 파는지 살펴본다.

오늘도 미팅 한 시간 전에 도착해서 카페부터 식당 메뉴까지 주변을 훑고 있다. 여행 중에 아시아음식이 그리울 때마다 찾아서 먹던 베트남쌀국수 집에서 오후 간식을 해결하기로 한다. 싱싱한 숙주가 흠뻑 담긴 매콤한 면을 먹으며 잠시 추억여행을 떠난다. 그런 순간만큼은 강남에 미팅하러 온 게 아니라 맛기행을 하러 로마에 온 골목여행자 같다.

똑같은 근무시간. 반복되는 이동. 우리는 하루를 여행자처럼 보낼지, 노동자처럼 보낼지 선택할 수 있다.

나의 경우엔 자주 여행의 순간을 떠올린다. 전철을 타도 사람들 얼굴을 보려 하고, 어색해지면 벽에 부착된 광고 문구라도 읽는다. 스마트폰에서 뉴스를 클릭하거나 영화나 드라마를 다운받아 보지 않는다. 지금까지 휴대폰으로 게임을 해본 적도 없다. 전철 출구를 나와 거리를 걸을 때는 하늘을 본다. 그리고 가로수 잎들을 보며 계절의 변화를 느낀다. 가끔은 큰 도로보다 주택가 골목길을 일부러 찾아 걷는데 그럴 때면 지나가는 차가 뿜어대는 매연마저 향기롭게 느껴진다. 다행히 나는 후각이 예민하지 않아서 언제나 시각으로 많은 것을 즐긴다.

특히 요새는 코로나19로 거리에 사람이 줄어 산책하기가 더 좋다. 전철에도 사람이 줄었고 도로에도 사람이 없으며 가게들에도 손님이 없다. 모두 어디로 숨었을까. 이럴 때 나는 어디로 가면 좋을까. 퇴근시간 사람들은 바삐 움직이는데 금방 거리가 빈다. 나는 생각한다. 이제 집으로 갈까, 카페로 갈까, 쇼핑하러 갈까.

오늘 하루도 나의 여행은 지하철 2호선을 한 바퀴 돌며 커피를 세 잔, 간식을 두 번 각각 다른 장소에서 먹었다. 친구를 만나 수다를 떠는 것도, 파트너 회사를 찾아가 미팅하는 것도 내겐 모두 여행이다. 여행이 뭐 별건가, 꼭 멀리 간다고 여행이 아니며 배낭을 메고 걸어야 여행인 것도 아니다. 사진 한 장 안 찍어도 우리는 일상의 아름다운 순간들을 기억할 수 있다. 여행하는 태도로 오늘 하루의 소소함을 특별하게 느끼며 살아보자.

물에서 배우는 여행

살면서 가장 중요하게 생각하는 것이 물이다. 이를 처음 느낀 곳도 인도이다. 여행자로 잠시 머물다 가는 곳이라도 수돗물을 안전하게 마실 수 있는 나라가 나는 좋다. 노후에 살고 싶은 도시가 어디냐고 물으면 당연히 물이 풍부하고 수돗물을 마실 수 있는 나라라고 대답한다. 물은 무조건 풍부해야 한다. 한때 인도에서 살고 싶다는 생각을 했고 6개월 넘게 살았지만 물이 풍부하지 않은 곳이 많았다.

인도 라자스탄주에 펼쳐진 사막은 몽골처럼 초원이 아니라 이집트처럼 황량한 모래사막이다. 그중 우다이푸르Udaipur는 사막지대에 속하긴 하지만 제법 큰 호수가 있는 아름다운 호반도시이다. 척박한 사막에서의 야생투어를 마치고 이곳에 도착해 물이 가득한 호수를 보자마자 그 존재에 얼마나 감사함이 차올랐는지 모른다. 사막투어에 대한 환상을 품고 델리에서부터 야간열차를 타고 1박2일 만에 도착한 자이살메르와는 완전히 다른, 사막 속의 오아시스가 우다이푸르였다. 나는 지금도 우다이푸르 호수의 평화로운 햇살과 물소리가 그립다.

사실 인도사막은 상상과 달리 충격적이었다. 도착할 때까지 야간열차가 지연된 건 말할 것도 없고, 막상 도착해보니 도저히 사람이 살 수 있는 환경이 아니었다. 뜨거운 사막의 태양을 조명처럼 받으며 태평스럽게 돌을 깨고 집을 지어 짜파티[*]를 굽고 있는 사람들의 모습에 입을 다물지 못했다. 이방인으로서 내가 할 수 있는 일이라곤 카메라 셔터를 누르는 것뿐이었다.

'도대체 아름다운 사막은 어디에 있을까?'

사막은 그냥 건조하다. 삶이 무미건조하게 느껴지는 사람은 사막으로 가봐야 한다. 자연환경이 건조하면 얼마나 심하게 건조할 수 있는지 인도사막이 답을 보여준다. 그렇게 사는 것이 얼마나 숨통 막히고 재미가 없는 일인지를 사막에 서서 직시해야 한다.

⊙　Chapati. 인도의 대표적인 주식으로,
　밀가루로 만들어 화덕에 구운 피자도 아니고 밀전병 같은
　고소하고 칼로리가 충분한 발효시키지 않은 빵 종류.

인도사막을 건너며 온몸으로 깨달은 것은 물의 소중함
이다. 물은 있을 때는 소중함을 모른다. 나도 사막에 가서
야 절절하게 깨달았다.

사막투어란 말 그대로 모래밭 위에서 야영을 하며 사막
을 건너는 체험여행이다. 밤에 잘 때는 몽골 고비사막에서
처럼 하늘을 가리는 텐트라도 치는 줄 알았는데 그냥 모래
위에 천을 한 장 펼쳐놓고 잠을 잔다. 낮에 달구어진 모래
의 열기가 남아 있기는 해도 밤이 되면 금방 추워진다. 사
막은 밤이 겨울인지, 2월이라도 낮의 태양은 뜨거운데 밤
에는 너무 추웠다. 기온이 영하로 내려가지는 않는 것 같은
데 어찌 그리 춥던지. 그래서 겨울 파카를 챙겨 입고 침낭
속에서 따뜻하게 자야 하는데, 사막이라고 항상 더운 줄로
만 알고는 준비가 부실했다.

"밤하늘의 은하수를 친구 삼아
달빛과 별빛 이불을 덮은 채 편안히 주무세요."

인간의 언어는 아름답지만 사막 생활은 녹록하지 않다.
잠자리만 불편한 게 아니라 생존에 가장 필수적인 물조차
넉넉하지 않은 현실이 정말 힘들었다. 사람이 씻지 않고 지
낼 수 있는 한계가 며칠까지일까. 나는 여행 중에 처음으로

인도사막에서 3일 동안 세수를 하지 못했다. 안 한 것이 아니라 씻을 물이 없었다. 양치는 껌으로 대신하고 물은 오직 생존을 위한 식수로만 마지막까지 남겨둬야 했다.

사람이 평소처럼 씻지 못하니 첫날엔 잠을 못 잘 정도로 힘들었다. 그러나 하루 이틀 삼일 지나면서 현실적인 요구사항들도 저절로 포기가 된다. 차라리 두 발로 걷는 사람 짐승이려니 생각하면 된다. 입으로 먹고 다리로 걷고 아무데서든 잠들 수 있도록 스스로 사막 생활에 적응해야 한다.

사람은 해야 할 것을 며칠 안 해도 되지만 사막의 중요한 이동수단인 낙타의 물은 반드시 잘 챙겨야 한다. 가지고 있는 물이 떨어지면 중간 중간 오아시스를 찾아 낙타가 실컷 먹을 수 있게 배려했다. 사막에서 낙타는 아주 특별한 존재다.

사막의 밤과 낮은 수많은 일출과 일몰의 풍경들처럼 다양하다. 아름다운 자연을 바라보는 여행자의 모습은 헝클어질 대로 헝클어졌지만 마음은 더할 나위 없는 평화를 느낄 수 있다는 것이 사막여행이 주는 감동이다. 그곳에선 누구나 스스로 배우게 된다. 우리가 너무나 많은 것을 누리고 살았다는 것을. 낙타처럼 생존에 필요한 물만 있어도 살 수 있는데 인간은 얼마나 많은 것을 소유하고 집착했는가.

인도 사막투어는 물에 대한 고마움과 함께 내가 가진

많은 것을 내려놓게 했다. 이 여행 이후로 나는 물을 허투루 쓴 적이 없다. 그래서 까칠한 성격에 더해진 것이 있으니, 공중화장실에서 물을 길게 틀어놓고 손을 씻거나 대중목욕탕에서 물을 낭비하는 사람을 보면 잔소리를 한다. 말조차 꺼내기 싫을 때는 상대방 허락도 없이 내가 먼저 물을 잠가버린다. 그들이 그렇게 잠시 흘려보내는 물이 사막에서는 생존을 위해 하루 종일 쓸 수 있는 물의 양이기 때문이다.

물은 그냥 물이 아니다.
생존에 필수적인 곳에서의 물은
삶을 시작하게 하기도 하고 끝나게도 한다.

물이 있는 곳에 삶이 있다

태양은 밤 9시가 넘어도 대지를 비추고 있다. 밖이 밝아 서인지 잠도 오지 않는다. 여행을 하다보면 하루가 유독 긴 나라들이 있다. 아이슬란드의 겨울은 아침 11시가 되어도 어둡고 오후 4시가 되면 깜깜하다. 몽골의 여름은 아침 6시면 태양이 높이 떠 있고 밤 10시가 되어도 밝다. 가끔 같은 태양을 보면서 여행자는 생각한다. 세계의 모든 사람들은 하루 세끼를 같은 시간에 먹을까? 나라별로 시간이 주는 의미는 음식과 어떤 관계가 있을까?

그리고 또 궁금했던 것.
사람이 마시는 물과 동물이 마시는 물은 어떻게 다를까?

나는 몽골 고비사막에 도착한 지 이틀째가 되어서야 사막에 사는 가축들은 어디에서 물을 마시는지 궁금했다. 사막이라서 흘러가는 냇물이나 고인 호수가 있을 리 없다. 내 마음을 읽었는지 유목민 파파가 저녁에 이부자리를 펴주면서 내일 아침에는 가축들 물 주러 같이 가자고 했다.

할일 없는 사막의 아침이라 늦잠을 자려고 해도 태양이 6시면 떠올라 그 열기에 잠이 깼다. 아침도 먹지 않았는데 파파는 오토바이 시동을 켜며 출발하자고 한다. 사람보다 동물의 식수가 더 중요하구나 생각하며 머리에 두건을 쓰고 오토바이 뒤에 올라탔다.

고비사막은 초원지대가 많아서 가축들이 먹을 풀은 많은데 마실 물은 잘 보이지 않는다. 오토바이를 타고 15분 정도 비포장도로를 달렸다. 초원에는 정해진 길도 없고 차나 오토바이가 다닌 흔적이 한 줄기 그어지면 그게 길이 된다. 그런 길은 달리면 달릴수록 먼지투성이다. 달리면서 선글라스 너머로 평원을 바라보니 사막이라도 생각보다 초록이 넓게 펼쳐져 있었다.

'물이 없는데 어떻게 이렇게 초록일 수 있지? 도대체 물은 어디에서 구하는 것일까.'

멀리 한 무리의 염소가 모여 있는 게 보였다. 오토바이 소리와 함께 파파가 도착하자 염소들이 먼저 알고 우물가로 다가선다. 염소들은 이미 물 먹을 시간을 알고 물주는 장소에 와 있었다. 물 마시러 오라고 주인이 호루라기를 불지 않아도 동물의 본능적인 몸시계가 시간과 장소를 기억하는 것이다. 일찍 도착한 염소들이 바싹 말라버린 물통을 핥고 있었다.

파파가 천막을 벗기고 작은 기계를 꺼내 돌리자 모터가 돌아간다. 윙 하는 소리와 함께 시원한 물이 호스에서 콸콸 나온다. 이것이 사막의 우물이고 물 공급 라인이다. 얼마나 깊은 땅속에서 뽑아 올린 물인지 살짝만 닿아도 차갑다.

"이런 우물을 몇 년간 사용할 수 있나요? 물이 어느 날 안 나오면 어떻게 해요?"

"우리가 여기 와서 봄이 세 번, 겨울이 두 번 지났으니까 아직은 물이 충분할 거야. 하지만 앞으로 몇 년 더 이 우물을 사용할 수 있을지는 나도 모르지. 여기 물이 마르면 그때가 바로 이곳을 떠나야 할 때야."

몽골에서 유목민이 이동하는 주요 원인은 물이다. 물이 있으면 정착하고 물이 없으면 떠난다. 주변에 항상 흐르는 강물이 있지 않은 사막 같은 지대에는 지형적으로 물이 고이는 곳이 있다. 몽골 유목민들은 감각적으로 물이 고이는 지점을 찾아내 우물을 파고 그 물이 마를 때까지 근처에 집을 짓고 정착생활을 한다. 찾아낸 우물이 언제 말라버릴지 모르기 때문에 항상 임시천막 같은 집(게르)을 짓고 사는 것이다.

우물이 마르면 다음 우물을 찾아서 떠난다. 물은 이렇

게 사람의 이동도 생활도 바꿔놓는다. 유목민들은 물 있는 장소를 발견하면 가족과 동물을 먼저 이동시킨다. 그런 다음 우물을 깊게 파서 물을 충분히 확보한 후에 동물을 초원에 풀어놓는다. 사람 사는 집은 대충 하늘만 가려도 되지만 가축을 위한 우물 관리는 철저히 한다. 모터가 비바람에 고장 나지 않도록 천으로 잘 덮어놓고 우물 주변에는 벽돌을 쌓아서 동물들이 안으로 들어가지 못하도록 잠금장치를 해둔다.

고비사막의 전체 면적은 일본 본섬 네 개를 합친 것보다 크다고 한다. 그러나 유목민 인구보다 가축 수가 더 많기 때문에 키우는 동물을 중심으로 유목민의 일생은 흘러간다. 파파가 돌리는 모터 소리가 내 가슴도 울린다. 대지를 진동시키는 모터 소리가 웅장한 폭포수 소리처럼 느껴진다. 이렇게 메마른 땅에 살아도 물은 풍부해야 한다.

모터가 돌아가자 호스에서 물이 흘러나와 길쭉한 물통을 채웠다. 염소들은 서로 먼저 물을 마시려고 얼굴을 들이밀고 통을 밟고 올라가거나 서로의 등에 올라탄다. 양보하면서 차례로 마시는 것이 더 깨끗한 물을 마시는 방법이지만 그건 지켜보는 여행자의 생각일 뿐이다. 물을 보고 흥분한 동물들의 행동은 인간의 욕심과 다를 바 없다. 일단 자기부터 먹겠다고 머리를 물통 가까이로 처박는다. 염소가

기린도 아닌데 그 짧은 목을 길게 빼면 얼마나 빠지겠냐마는 물 앞에서의 경쟁은 치열하다.

안쓰러운 마음에 왜 물통을 더 많이 두지 않았냐고 물었다. 파파는 저렇게 싸우면서도 알아서들 배는 다 채운다며 신경 쓰지 말란다. 사막에서 생존의 물 마시기 현장을 지켜보고 있자니 지구에서의 삶 자체가 전쟁처럼 느껴진다. 본능은 살려고 몸부림치고 탐욕은 앞만 보고 당장 자기 배만 채우려 한다.

"이런 물주기를 얼마나 자주 하나요?"
"염소와 낙타를 번갈아 가며 이틀에 한 번씩 물을 주지."

매일 먹는 것도 아니고 격일로 마시는 물이니 얼마나 먹고 싶을까. 낙타는 등에 물을 보관하는 혹이 있어서 사막에서도 물 없이 며칠은 버티는데 염소는 같은 시간에 물을 주지 않으면 사고가 난다고 한다.

가만 보니 물통이 여러 개가 아니어도 다 마신 염소는 알아서 뒤로 빠지고 안 먹은 염소가 앞으로 자리 교대를 하고 있다. 그러니 파파는 모터가 잘 돌아가는지만 확인하면 된다. 사막의 염소도 제 필요한 만큼만 물을 마시면 다른 염소들에게 물통 앞자리를 내어주는데 한계를 모르고 서로 더 많이 갖기 위해 욕심을 부리는 인간의 본능이 참 짐승만도 못하다는 생각이 든다.

세상에 존재하는 어느 물인들 소중하지 않을까. 물을 보자 정신없이 입으로 들이마시는 염소들을 보니 갑자기 내 목도 마르다. 그러나 나는 고비사막의 물을 마시지 못했다. 농약이 스며든 물도 아니고, 지나친 도시개발로 오염된 물도 아니었다. 청정한 고비사막에서도 지하 수백 미터 밑에서 퍼 올렸으니 얼마나 깨끗할 텐가. 물 온도도 스위스 계곡물처럼 차갑다. '그런데도 이 물을 마시지 못하고 주저하는 나는 누구인가. 무엇을 염려하는가.' 상상으로 시원한 물을 꼴깍 삼켜보지만 결국 그 물에 두 손만 씻고 말았다.

수돗물을 마실 수 있는 나라

"뭐 마실래? 난 시원한 생수. 넌?"

"수돗물."

나는 집에서 편하게 수돗물을 마신다. 대한민국 서울에 살면서 한강의 기적을 믿는다. 그 기적의 에너지를 담은 수돗물로 밥을 지어먹는 하루가 즐겁다. 아침에 밥은 못 먹어도 수도꼭지에서 나온 물은 꼭 마신다. 요새는 대나무에 구운 소금을 수돗물에 타서 마시고 있다. 건강을 위해 물을 많이 마시라고 하는데 하루에 마시는 물 양이 많지 않다. 건강검진을 해보면 피부건조증이라고 할 정도다.

유럽여행을 가면 대부분의 여행자들이 생수병을 들고 다닌다. 시원한 물이 필요하면 냉장고에 보관된 물을 사서 마시지만 사실 유럽 도시 어디에도 물은 넘친다. 물병만 없어도 여행자의 가방은 가벼워진다. 나는 먹다 남은 음료수통을 가지고 다니다가 공원이나 광장의 분수대에서 물을 채워 먹는다. 그런 나를 보면서 친구는 "야, 그러다가 몸에 이상한 돌이라도 생기면 어떡해?" 한다. 괜한 걱정이다.

"마실 거 뭐 드릴까요? 뜨거운 커피? 시원한 물?"

독일에서 사람을 만날 때는 항상 무엇을 마실지 먼저 묻는다. 나는 아무리 더운 날에도 뜨거운 차를 주문한다. 그러나 이렇게 "coffee or water?"라고 물어오면 "water"라고 대답한다.

독일에 사는 내 미국인 친구는 세면장 수도꼭지를 털어 머그잔에 물을 담아준다. 그는 미국에서는 수돗물을 마시지 않지만 유럽에서는 어느 나라를 가든 그냥 세면대 물을 마신다고 했다. 처음 독일에 갔을 때 나는 세면장 물이 꼭 화장실 물 같아서 마시지 못했다. 그러나 그런 친구들을 자주 만나다 보니 익숙해졌다. 차가운 냉수가 필요하지 않으면 그들은 그냥 수도꼭지에서 물을 받아 마신다.

이탈리아를 여행하면서 관광지에 있는 분수대 물을 받아 마시는 사람도 많이 보았다. 그래서 이거 마셔도 되냐고 물어보면 그 나라의 물을 믿지도 못하면서 어떻게 여행을 다니느냐고 되묻는다. 로마에는 공원이나 주택가 골목 어디에나 분수대가 있다. 그 분수대 꼭지에서 나오는 물에는 2천 년 로마 역사의 기운이 서려 있다. 화려했던 세계사의 한 페이지를 장식한 유럽인들은 물과 온천의 역사에 관해 강한 믿음을 갖고 있다. 여기까지 왔으니 더 많이, 더 자주 마셔줘야 한다.

개인적으로 내가 제일 좋아하는 여행 목적지는 온천이 유명한 곳이다. 독일에 사는 친구들은 유럽에서도 독일 온천이 제일 좋다고 자랑한다. 역사적으로 로마시대부터 여러 왕들이 찾아와 건강을 관리한 욕탕이 많고 지금도 그 명성 그대로 온천욕장으로 이용되고 있다. 독일에서도 역사와 규모 면에서 가장 물 좋기로 소문난 곳은 바덴바덴^{Baden-Baden}이다. 당연히 로마시대까지 거슬러 올라가는 온천인데, 이곳이 더욱 유명해진 까닭은 남녀 혼탕이라는 점 때문이다. 독일 온천들은 대부분 로마시대 왕들이 그랬던 것처럼 알몸으로 들어간다. 사우나에서 수건조차 걸치지 못하게 한다. 나도 호기심에 찾아가봤다.

'정말 다 큰 남녀가 누드로 같이 물에 들어간다고?'

금발의 어린 왕자를 본다는 즐거운 마음으로 찾아갔다가 얼마나 황당했는지 모른다. 동네 할아버지들이 마치 경로당이라도 되는 듯 욕탕에 모여 앉아 전신욕을 하고 있었다. 오히려 그들의 놀이터에 나타난 내가 새로운 존재감을 내뿜는 상황. 멀리 아시아에서 날아온 젊은 여인의 등장에 내 몸매와 상관없이 서양 할아버지들의 시선이 집중되었던 그 순간을 잊을 수 없다.

나는 물맛에 민감하지 않다. 유럽에서 여러 나라를 여행하다 보면 마시는 물에 대해서는 그리 민감하게 느끼지 못하는데 샤워를 해보면 차이가 있다. 물에 석회질이 많은 유럽에서는 씻으면 씻을수록 머리카락이 푸석해지고 몸에는 바디로션을 평소보다 더 많이 발라줘야 한다.

규모 면에서 유럽 최고의 온천은 아이슬란드의 블루라군이다. 유럽의 다른 지역과는 규모 자체가 다르다. 아이슬란드에서는 가정집에서도 수돗물을 틀면 유황 냄새가 난다. 아마도 화산섬이라 도시에 공급되는 물 자체가 유황온천수인 것 같다. 수도 레이캬비크에서 한국음식이 생각나 라면을 끓이는데 물에서 유황 냄새가 나서 유황라면을 먹게 되었던 기억도 잊을 수가 없다.

내가 아이슬란드를 계절에 관계없이 두 번이나 여행한 것도 블루라군 때문이었다. 이곳은 수영복을 입고 들어간다. 입장료가 조금 비싸긴 한데(한화로 1인당 약 10만 원) 입장 후에는 시간제한 없이 하루 종일 놀 수 있다. 처음에는 온천 규모를 파악하지 못해서 시간을 짧게 잡고 들어갔는데 세 번째 갔을 때는 정말 이번이 마지막이라는 각오로 9시간을 물에서 놀았다. 온천이라 오래 있을수록 몸이 부드러워질 줄 알았는데 짠 바닷물이라 그런지 생각보다 몸이 많이 건조해졌다. 염도까지 강해서 오래 있으면 온몸이 소금 절이가 될 것 같았다. 섬나라 일본의 온천물도 이렇게 짜진 않은데 나라마다 물의 특성이 다른 것도 신기하다.

같은 화산의 지열을 이용한 온천이라도 아이슬란드의 온천은 빙하가 스며든 것처럼 부드러운 밀키블루 색깔을 띤다. 몸을 물에 담그면 물속이 보이지 않는다. 너무 뿌옇다. 마치 우유에 빠진 로마 여왕이라도 된 듯 기분이 오묘해진다. 그래서 더 재미있다. 게다가 수면 위로 모락모락 올라오는 건 그냥 수증기가 아니라 화산에서 품어져 나온 연기처럼 신비롭다. 이것이 블루라군 온천이 다른 나라 온천들과 확연히 구분되는 매력이다.

물도 에너지라 마시는 물도, 샤워하는 물도
우리 몸은 잘 알고 있다.

가끔은 유황 냄새 나는 아이슬란드 수돗물이 그립지만 안전하게 수돗물을 마실 수 있는 우리나라에 사는 것에 항상 감사한다. 좋은 물은 사람을 건강하게 하고 나라도 부유하게 한다. 금수강산이라는 말처럼 대한민국은 어느 나라에서 여행자가 오더라도 물 좋고 맛 좋고 공기 좋은 멋진 곳으로 기억될 것이다. 실제로 여행을 하다보면 몸이 원하는 물이 있고 마음이 기억하는 물이 있다. 애니메이션 영화 〈겨울왕국 2〉에서 엘사의 대사처럼 '물은 모든 것을 기억한다'.

술 한잔 생각날 때

창문을 살짝 열었다. 오늘도 하늘이 화창하다. 일어나자마자 주말에 남은 국을 데워서 밥을 말아 먹으며 간단하게 아침을 해결한다. 스마트폰으로 이메일을 체크하고 카톡으로 할 말 다하고 나면 월요일의 늦은 시작도 나쁘지 않다. 디지털노마드의 시대라는데 나는 아직 아날로그가 익숙한 사람이다. 일은 사무실 컴퓨터에 앉아서 해야 속도감이 난다. 그런데 아직 출근하지 않았고 곧 점심시간이다. 간만에 재택 점심식사를 해볼까?

아직 세수도 하지 않은 얼굴로 손만 씻고 개운하게 점심을 준비한다. 며칠 전 오랜만에 감자를 사둔 게 있는데 어떻게 먹을까. 일단 손 씻는 김에 감자껍질을 벗긴다. 이것을 어디다 쓸까. 먼저 반쪽을 잘라 몇 조각 낸 뒤 압력밥솥에 감자밥을 짓는다. 남은 반쪽은 얇게 썰어 유효기간이 지난 맛살과 함께 달걀에 섞어 프라이를 하기로 한다. 왠지 맛있을 것 같다.

그렇다. 가끔 하는 요리지만 내 입에 들어가기 전까지
나의 레시피는 명불허전 창의적이다.

맛살과 감자가 들어간 달걀말이가 지글지글 익어가고
있다. 먼저 구워낸 맛살을 살짝 먹어보니 딱 안주다. 노릇
한 달걀말이의 냄새도 술을 부른다. 이미 낮 12시가 넘은
시간. 지금부터 술을 한잔 하는 건 어떨까. 마음이 동한다.
무슨 술을 꺼내 마실까. 냉장고에는 항상 독일 바이에른맥
주가 준비되어 있고 한국의 청포도소주도 있다. 와인은 일
단 열고나면 한 병을 다 마셔야 해서 집에는 잘 챙겨놓지
않는다. 맥주를 먹으려니 배가 부를까봐 소주병 주둥이를
비틀었다. 먹던 술 남겼다 마셔도 맛있는 술은 한국의 소주
뿐이다.
　나는 여행을 하는 이유가 그 나라 알코올을 맛보기 위
해서라고 말해도 좋을 만큼 반주를 즐긴다. 유럽맥주는 벨
기에부터 네덜란드 그리고 독일을 거쳐 체코까지 '비어로
드⊙'를 달리는 여행을 할 때 충분히 마셔봤다. 사람들은 미

⊙　beer road. 유럽에서 맥주여행의 시작은 네덜란드 암스테르담에서 독일을 거쳐
　　체코까지이다. 개인적으로 몇 번 이 구간을 여행했으나 독일의 맥주 맛이 확연
　　히 좋아서 마지막 비어로드 코스는 독일을 시작으로 뮌헨-뉘른베르크-드레스
　　덴-프라하-플젠까지 여행했다.

국맥주를 멋스럽게 생각하지만 맥주는 역시 독일이다. 몽골맥주도 대초원의 맛을 담은 듯 깔끔하게 톡 쏘는 맛이 좋았다. 가장 오래 머물렀던 인도에서는 맥주가 비싸고 시원한 것을 구하기가 쉽지 않아 자주 마시지 않았다. 그러나 독일에서 물보다 자주 마신 맥주는 식사 중에 반주로 마시는 노란 음료, 갈증이 나고 배고플 때 언제든지 마실 수 있는 칼로리 음료에 다름없었다.

그러니까 그날도 바빠야 하는 월요일 아침이었다. 아니, 정확히는 막 체크아웃을 끝낸 오전 10시. 독일에서 긴 여정을 끝내고 프랑크푸르트공항으로 가기 전 마지막 아침의 여유를 부리고 있었다. 체크아웃을 하긴 했는데 저녁 비행 시간까지는 넉넉히 남은 하루. 체크아웃 마감 5분 전에 리셉션에 짐을 맡기고 노트북과 휴대폰만 챙겨서 로비 바에 자리를 잡았다. 아침도 일찍 먹었고 커피도 마셨으니 이제 남은 건?

"맥주 한 병 주세요!"

독일은 모닝커피를 팔 듯 아무 때나 맥주를 팔아서 좋다. 전혀 눈치 보지 않고 주문한다. 이렇게 아침부터 아무렇지 않게 술을 주문할 수 있는 나라가 독일이다. 일하러 온 사람이었다면 당연히 간단히 마실 것만 주문하고 긴장된 표정으로 노트북을 열어 미팅 내용을 점검하고 있을 것이다. 그러나 지금은 독일여행 마지막 날이고 한국으로 가기 전 나를 긴장시키는 건 없다.

노트북을 켜고 한국 소식을 클릭하면서 여유롭게 시간을 보낸다. 몸은 외국에 있어도 인터넷을 여는 순간 마음은 벌써 한국이다. 맥주를 주문하고 주변을 보니 이미 체크아웃을 마친 여행자들이 대부분 휴대폰을 보면서 시간을 보내고 있다. 아침부터 로비에 앉아 노트북을 켠 채 맥주를 마시는 나를 이상한 눈으로 쳐다보는 사람도 있다. 그러나 정작 리셉션에서 일하는 친구는 웃으며 맥주를 갖다 준다.

나는 이런 날에 몹시 술이 고프다. 이들 모두는 곧 호텔 문을 나서 공항이든 기차역을 경유해 각자의 장소로 떠날 것이다. 지금 이 순간엔 같은 공간에 있지만 각자가 나아갈 방향이 모두 다르다. 캐나다 친구는 캐나다로 갈 것이고 중국 친구는 중국으로 돌아간다. 나는 이 모든 순간의 상념을 한잔 술에 담아 마시고 싶다. 월요일부터 집에서 낮술 한잔을 마시듯, 나의 여행 마지막 날 아침에도 시공간이 자유로워지는 한잔의 여유를 부리고 싶다.

오늘처럼 출근도 하지 않고 급한 일 없이 집에 있는 날에는 소모되는 에너지도 없다. 당연히 배도 안 고프다. 그

소소한 일상의 재발견　　　139

러나 배꼽시계는 점심시간에 충실하라며 신호를 보낸다. 그래서 마신 한잔에 머리가 삥 하고 어지럽다. 이렇게 딱 한 잔 마신 것으로 나의 점심식사는 끝나지만 몽롱한 유흥의 기분은 점심시간보다 길어질 수 있다. 한잔 술로 긴장된 눈이 풀리면 세상이 더 부드러워 보인다. 차가운 말투도 따듯해진다. 어떤 때는 내 목소리에 비음의 애교가 섞이기도 한다.

집에서는 무엇이라도 만들어 먹을 수 있고 냉장고에서 입맛대로 원하는 술을 꺼내 마실 수 있어서 좋다. 그러나 여행을 가면 술도 안주도 마음대로 구할 수 없다. 그런 의미에서 맥주 한잔은 언제나 반가운 여행 동행자다. 아침에 일어나 보리차 대신 마시기도 하고, 점심에는 반주로 마시며, 오후에는 티타임 대신 맥주를 찾는다. 저녁에는 일몰을 보면서 와인을 마시기도 하고, 자기 전에도 피곤하다며 또 한잔 한다.

나의 길에는 항상 마음을 적셔주는 술이 있었다.

술을 마주하는 마음으로 사람을 만나고, 술을 찾는 마음으로 여행을 떠난다. 그런 의미에서 독일은 여행 때마다 특별한 매력과 맛으로 나를 사로잡는 나라였다.

지난겨울부터 병원에서는 술이 건강검진 결과에 영향을 줄 수 있다며 연말연시 내내 한 잔도 못 마시게 했다. 그래서 새해를 보낸 빈^{Vienna}에서 심야의 종소리를 들으면서도 콜라를 마실 수밖에 없었다. 여행자의 길에는 좋은 친구처럼 좋은 술이 필요하다. 좋은 술을 만나지 못하면 그곳에서의 추억도 옅어진다. 오늘은 점심부터 한잔 했으니 오후가 아주 여유로운 여행의 시간이 될 것이다.

과연 내가 돌 하나를 주우면서 기억하고 싶었던 것은 무엇일까.

그 돌에 내가 담고 싶은 의미는 무엇이었을까.

반출금지 경고판이 없는 한 그곳의 돌을 챙긴다.

나에게 돌은 지구의 선물이고 여행의 흔적이다.

마치 우주 은하계를 떠돌던 원석이 내가 사는 공간으로

날아 들어온 것처럼 나는 이 돌들을 지킨다.

PART 4.

마음의 고요를 위한 사색

세상에 뿌려진 여행만큼

눈을 뜬 채 30여 분을 이불 속에서 뒤척이는 아침이 시작된다. 일어나야 한다는 이성적 마음과 일어나기 싫다는 감성적 마음이 공존한다. 이런 아침에는 멍하니 아무것도 하고 싶지 않을 때가 많다. 물론 여행지에서라면 정말 아무것도 하지 않는다. 그러나 이곳은 대한민국 서울. 게다가 오늘이 월요일이라는 생각에 애써 정신을 챙긴다.

침대의 따스함에 미련을 버리지 못한 것일까? 이불을 걷어내고도 그저 멍하니 누워 창 너머를 한참 바라본다. 봄이라고는 하나 생각보다 춥게 느껴지는 아침이다. 밖의 지붕들이 모두 하얗다. 밤새 눈이 왔다. 아니 지금도 내리고 있다. 따듯한 침대에 더 머물러 있고 싶다는 생각이 다시 올라온다.

눈이 내리는 게 특별하진 않다. 오늘부터 온 것도 아니고 어제 일요일에도 왔었다. 그 눈을 보다가 졸면서 지방까지 다녀오지 않았던가. 하얀 아침 풍경에 새삼 기뻐할 일도 놀랄 일도 아닌데, 일요일의 눈송이와 월요일의 눈송이가 또 다르게 느껴지는 건 뭔가.

'오늘 날씨는 몇 도나 될까? 도대체 밖은 얼마나 추운 거지?' 방안에서 나가지도 않은 상태로 바깥 날씨를 숫자로 검색해보는 건 의미 없다. 그럼에도 오늘은 영하 6도, 내일모레는 영하 8도라는 일기예보에 긴장을 한다. 무엇보다 이제 집을 나서서 새로운 월요일을 열심히 살아야 한다는 현실감이 나를 더 긴장시키는지도 모르겠다. 그래서일까? 아름답게 보여야 할 세상의 눈이 오늘따라 무척 차갑게 느껴진다.

억지로 이불을 걷어내고 일어나 창문 가까이 다가서본다. 그러고보니 그동안 창 너머 세상을 바라볼 여유도 없이 살았다. 시계추처럼 이불에서 나오면 일하러 가고, 일하고 돌아오면 바로 이불 속으로 들어갔다. 오로지 사회적 동물로서 기능하며 열심히 일상의 바퀴만 굴리며 살았다. 그런데 오늘 눈은 오랜만에, 아니 제대로 내 눈에 착 달라붙는다. 오래오래 밖을 바라보게 된다.

큰 창 너머로 송이도 굵은 눈이 잘도 내린다. 밤새 제대로 왔는지 저 멀리 주택가 풍경이 온통 새하얗다. 내 창틀에도 살포시 쌓인 눈이 인사를 한다. '잘 잤니? 나 밤새 여기 쌓여 있었는데.'

눈송이가 말을 건다. 창틀에 아슬아슬하게 붙어 있는 눈이 꼭 여행자의 위태한 일상을 보여주는 것 같다. 언제나 떠나려고 준비하지만 막상 떠나면 눈 녹듯이 사라지는 감정들…. 아무렇지 않게 돌아오지만 다시 떠나고 또 후회하는 여행자가 있다. 내 방 창틀에 쌓인 눈이 꼭 지나온 나의 여행시간을 말해주는 것 같다.

'세상에 뿌려진 많고 많은 눈송이 중에서 왜 너희만큼이 내 눈에 보이니? 하필이면 왜 우리집 창틀에 묶여 땅으로 내려가지도 못하고 거기서 녹을 때까지 매달려 있니?'

이게 여행이다. 세상에 흩뿌려지는 눈을 보는 것 자체가 여행이다. 여기 쌓인 눈송이가 여행자다. 세상에 눈이 내렸고 내 마음은 여행을 시작한다. 내리는 눈송이만큼이나 무수하게 흩날린 여행의 시간들이 지나간다.

나는 겨울을 미워하지만 눈은 참 좋아한다. 겨울스포츠를 좋아하지 않기 때문에 여행 가서 눈이 오면 정말 할 게 없다. 하지만 눈 오는 풍경을 바라보는 것은 언제나 좋아한다. 오직 눈을 보기 위해 여행을 떠나기도 했다. 내가 가본 최고의 겨울여행지는 캐나다 로키이다. 로키에서는 정말 아무것도 하지 않아도 좋다. 아무것도 하지 않아야 아름다운 설경을 하루 종일 소유할 수 있다.

헬기로 날아올랐던 로키의 멋진 설경을 나는 아직 기억하고 있다. 하얀 로키를 배경으로 시원하게 샴페인 한 잔을 부어주던 멋진 파일럿의 미소도 아직 생생하다. 차가운 공기와 여행의 추억을 길쭉한 와인잔에 담아 건배하며 마셨던 시간. 도시의 마천루가 겨울하늘을 길게 막아도 캐나다 로키를 가슴으로 다 볼 수 있었다.

마침 회사 근처에 기차역이 있어서 로키의 눈꽃열차 스키나skeena를 타러 가는 마음으로 즐겁게 출근을 하자고 마음먹는다. 나에게 여행이란? 이렇게 과거로 떠날 수 있는 현재의 시간이기도 하다. 월요일 아침부터 특별한 겨울여행이 시작되고 있다.

짧은 음악을 듣는 이유

빠르기도 하고 느리기도 하고
슬프기도 하고 신나기도 하고

나는 음악을 전곡으로 듣지 않는다. 로그인을 하지 않으면 1분 듣기만 가능한 음악 채널들이 있다. 아침에 샤워를 하면서 물소리보다 크게 틀어놓는 것이 그런 음악들이다. 나는 가수의 목소리에 집중해 음악을 듣는 것이 아니라 짧게 흐르다 끊기는 시간의 흐름을 탄다.

샤워를 할 때는 여러 가지 생각들이 올라온다. 비누거품과 함께 이런저런 생각들이 씻겨 나가면 하루의 시작이 좀 더 상쾌해진다. 지나간 나의 실망스런 행동이 보일 때도 있고, 끌어안고 있는 문제들을 어떻게 풀어야 할지 명확해지는 순간도 있다. 짧게 끊어지는 리듬만큼 빠르게 샤워를 한다.

음악의 흐름에 맞춰 흥얼흥얼 즐겁게 샤워하면서 마음

속 과제들도 악보처럼 착착 정리를 한다. 그렇게 씻긴 자리에 새로운 아이디어가 들어오기도 한다.

"음악이 너무 정신없어. 왜 음악을 끊어서 들어? 내가 로그인해서 다시 틀까?"

눈사태가 날 정도로 눈이 많이 내리는 바람에 우리의 아이슬란드 여행은 도착하자마자 집콕 신세였다. 멀리 나가서 밤하늘의 오로라도 봐야 하고 시내에 나가서 예쁜 골목 사진도 찍어야 하는데 계속 눈이 온다. 도착한 날에 만난 하얀 도시 레이캬비크는 영화 속 겨울동화처럼 예뻤다. 그러나 여행을 하러 온 우리는 버스터미널에서 버스가 정상적으로 운행되기를 바라며 세 시간 이상 기다려야 했다. 그러고도 결국 날씨 때문에 오늘은 버스가 운행하지 않는다는 말을 들었다.

서쪽에서 동쪽으로 하루 8시간 버스를 타고 하얀 지평선에 구불구불 선을 그리면서 아이슬란드 횡단여행의 묘미를 만끽하려고 계획했었다. 그러나 눈 때문에 한순간에 일정이 바뀐다. 방금 수십만 원의 왕복교통비를 환불받았지만 기분이 별로다. 하얀 지평선에 외줄을 그으며 신나게 달리고 싶었던 꿈이 수포로 돌아갔다. 아쉬움이 크다.

어렵게 아이슬란드까지 와서 예약된 어떤 일정도 진행할 수 없게 된 상황. 날씨 때문에 가지 못해도 제 날짜에 도착하지 않으면 지불해둔 숙박비는 모두 날아간다. 그 도시에서는 멀리 나갈 필요도 없이 숙소 발코니에서 수평선 위로 떠오르는 오로라를 볼 수 있다고 해서 큰 맘 먹고 동쪽 끝자락의 항구마을에 숙소를 예약했었다. 환상의 오로라 감상은 접어두고, 우리는 당장 떠나지도 못하게 된 이 도시에서 다시 머물 곳을 찾아야 한다. 와이파이가 잘 터지는 카페를 찾아 앉는다. 커피 한잔으로 위로가 될 일이 아니다. 터미널 옆에 있는 대형 슈퍼마켓으로 가서 육해공군 안주를 잔뜩 사서 술이라도 실컷 먹고 싶은 심정이다. 그러나 먹음직해 보이는 양, 돼지, 닭고기를 골고루 주문한 뒤 맥주 한잔으로 속을 달래며 애써 정신을 차린다.

도대체 이동 자체를 할 수 없다면 집에서라도 휴식다운 휴식을 해보자는 생각에 인원보다 두 배는 넓은 아파트를 찾아서 예약했다. 임시방편으로 머물 2박이지만 도심의 리조트라 생각하고 '리틀 포레스트 시티타임'을 갖기로 했다. 세 종류의 고기를 맛있게 먹고 오후가 되자 우리는 체크인을 하러 새 숙소로 이동했다. 레지던스형 아파트 숙소는 침대가 네 개라서 1인이 두 개씩 차지하고 놀기 좋았다. 게다가 누워도 좋을 큰 소파와 매우 넓은 부엌에 스튜디오처럼 큰 욕실까지, 숙소가 운동장 같아서 굳이 밖에 나가지 않아도 즐길 공간이 충분했다. 막막하던 여행자의 앞길에 큰 빛줄기가 들어온 듯 기분이 업 됐다.

오전 10시가 돼도 밖이 어두운 아이슬란드는 날씨에 따라 여행자의 기분도 달라진다. 심심한 방에서 나는 눈만 뜨면 반사적으로 음악채널을 클릭했다. 가만히 듣고 있으면 한국에서도 듣던 음악이라 내 집처럼 느껴지지만 창밖 풍경은 이국적인 하얀 겨울. 지금 나는 제주도도 아니고 아이슬란드에 오로라를 보러 온 것이다. 커튼을 치고 다시 누워보지만 특별히 할일은 없다. 여기 침대가 편안해서인지 잠을 푹 자서 피곤함도 없다.

개운한 몸에 절로 떠진 눈으로 볼 수 있는 건 스마트폰뿐. 오전 10시까지 아침도 안 먹고 가만히 누워서 할 수 있는 유일한 일들 – 음악감상 아니면 명상을 한다. 아침에 습관대로 음악을 틀었다가 친구한테 한 소리를 들은 것이다. 평소처럼 나는 1분 듣기로 짧은 음악을 다양하게 듣고 싶었는데 친구는 음악이 자꾸 끊기는 게 불편하다며 꺼달라고 한다.

달콤함. 유쾌함. 외로움. 우울함.

사색. 사유. 망각. 자유. 여유.

다시 돌아온 서울. 오늘도 나는 원룸 복층 계단에 앉아 음악을 듣는다. 계단은 나에게 차를 마시는 공간이기도 하다. 오늘도 편안하게 끊어진 음악들을 계단에 앉아서 듣고 있다. 왜 나는 짧은 음악에 더 마음이 끌릴까. 모든 음악은 치유다. 음악의 길이나 시간이 중요한 게 아니라 음악이 흐르는 그 순간 내가 느끼는 감정이 중요하다. 음악을 통해 과거로부터의 감성이 스르르 깨어나는 건 낮잠 같은 선물이다.

전곡을 다 들어도 좋겠지만 욕심 많은 낭만여행자는 1분이면 족하다고 생각한다. 나의 감성은 길이의 문제가 아니다. 그 노래가 지나면 기억도 잊힌다. 게으른 여행자의 음악목록에는 지정된 가수가 몇 명 안 되지만 그 정도로도 기분전환을 하기엔 충분하다고 생각한다. 이선희의 노래를 들으면 20대가 떠오르고, 신승훈의 노래를 들으면 옛사랑이 생각난다. 매일 여러 가수의 목소리를 통해 10대부터 40대까지 지나간 세월을 왕복한다.

음악도 일상의 여행을 제공한다.

음악이 불러일으키는 기억에 따라 가슴이 미어질 때도 있고 얼굴에 미소가 지어질 때도 있다. 좋은 기억이 살아날 때는 오래 듣거나 무한 반복해서 듣고 싶고, 나쁜 기억일 때는 빨리 끄고 싶지만 언제나 공평하게 1분이다. 그냥 딱 1분만 그 시간으로 간다. 그리움도 1분, 외로움도 1분. 아픔도 1분이고 슬픔도 1분이다. 10대부터 지금까지 내 삶은 변화무쌍했지만 음악은 공평하고 고통도 공평하다.

　나의 음악은 오늘도 끊어지며 흐른다. 추억은 길지만 소리는 짧다. 그렇게 끊어진 음악으로 과거를 살고 현재도 산다. 음악을 들으며 지나간 시절의 추억을 소환하는 30분 동안 나의 외출 준비는 끝난다.

나는 계단에 앉아 차를 마시면서 생각하는 것을 좋아한다. 테이블에 앉아서 우아하게 차를 마셔도 되는데 이상하게 계단에 앉으면 정리가 잘 된다. 지금 내가 대한민국에서 복층 오피스텔에 사는 이유다. 계단에 앉아 있는 시간만큼은 내가 어디론가 여행을 떠나 있는 것 같다.

   뜨거운 햇살이 쏟아지는 그날도 나는 핀란드 헬싱키 성당 앞 계단에 앉아 있었다. 사람들이 무수히 도로를 오고 간다. 나는 오전부터 돌아다닌 루트를 점검하며 지도를 보다가 지나가는 사람들을 구경하기 시작했다. 내가 걸을 때는 그들이 보이지 않는다. 다리가 아파서 앉으면 멈춘 시선에 사람들이 들어온다. 내가 음료수를 챙겨서 계단에 앉은 것은 휴식을 위해서가 아니었다. 어느 방향으로 가야 할지 몰라서 잠시 지도를 자세히 보려고 앉은 것이다. 그런데 그 계단에서 한 시간째 가만히 지나가는 사람들만 쳐다보고 있다. 무조건 걷는 것이 여행이 아니란 걸 그때 알았다.

앉아서 하늘을 올려다보기도 하고 도시의 빌딩 숲을 보면서 사진도 찍는다. 도로에는 사람들이 걷고 있고 길 건너 가게에도 손님들이 있다. 뒤에 있는 헬싱키의 랜드마크인 웅장한 성당에 들어가서 앉고 싶다는 생각을 잠시 했지만 성당 안 예배 의자가 아닌 입구 대리석 계단에 앉아 반나절이나 보내고 말았다.

그 시간 이후로 여행하면서 자주 계단 앞에서 멈춘다. 그때의 마음 그대로 우리집 계단에 앉으면 저절로 여행이 이어지는 듯하다. 내 몸은 지금 대한민국 서울에 있지만 마음은 세계 일주를 하고 있다.

사람의 인생에도 계단이 있다. 우리는 오르고 싶지 않아도 올라가야 한다. 나의 길은 고속도로보다 비포장도로이거나 오솔길일 때가 많았다. 차라리 잘 깎이고 매끈하게 다듬어진 계단이라면 좋겠다. 사는 건 다리도 아프고 몸도 아프고 마음도 아픈 일이다. 계단을 오를 때는 아픈지도 모르고 올라간다. 중간쯤에서 숨을 헥헥 쉬다가 두리번거린다.

내 인생의 계단은 내가 만들고 높이도 내가 정하고 멈추는 것도 내 힘으로 하고 싶다. 남보다 자신을 보면서 가야 한다. 음악을 짧게 끊어주는 스타카토처럼 내 인생의 계단에도 가끔 쉼표가 필요하다.

아날로그 독일을 추억하다

가이드북을 보지도 않고 검색조차 안 하고 여행을 가는 나의 루트는 언제나 유동적이다. 그래서 어디를 가든 처음 여행을 시작할 때는 현지 정보가 많지 않다. 가다가 좋은 곳이 있으면 하루 머물고, 미리 기대를 하고 갔지만 예상보다 별로면 패스한다. 머물고 싶어도 시간이 없어 떠나야 한다면 다음을 기약하고 즐겁게 굿바이 한다. 나에게 독일이란 그렇게 언제나 무계획이 계획인 곳이었다.

길 따라 느낌 따라 다니면서 정해진 루트도 없지만 다시 가야 할 이유가 생기기도 한다. 한 번은 전에 잠시 머물렀던 호숫가에서 꼭 하루 자보고 싶어서 서울에서부터 숙소 예약을 시도한 적이 있다.

"올해 휴가여행지를 알아보고 있는데 예전에 가본 ○○호수 그 언덕 위에 있는 호텔에 예약하려면 어떻게 해야 해요? 숙소 간판도 없던데 혹시 웹사이트가 있나요?"

"아뇨, 그곳은 온라인으로는 예약이 안 되니 여기 팩스번호로 신청해주세요."

지금 시대가 어느 때인데 팩스로 숙소 예약을 받는다고? 독일 남자와 결혼해서 뮌헨에 사는 중국인 친구는 나의 요청에 전화예약은 안 된다는 메일을 보내왔다. 반드시 그 호텔에서 잠을 자고 싶은데 팩스로 예약하기엔 내 독일어 실력이 부족하다. 혹시나 해서 숙소로 전화를 걸어보니 주인 할머니는 영어가 안 되신다. 작은 시골마을 숙소라 영어 하는 외국인까지 받지 않아도 매년 예약이 찬다고 했다.

불안해서 독일에 사는 다른 친구에게 연락해 팩스만으로는 믿을 수 없으니 미리 숙박비를 송금해달라고 부탁했다. 그러나 할머니는 팩스만 보내고 오면 된다면서 결제는 도착해서 현금으로 해달라고 했단다.

"아니 종이 한 장 보내놓고 어떻게 믿고 가니? 그렇게 갔다가 막상 방이라도 없으면."

솔직히 예약한 여행자가 어느 나라에서 팩스를 보냈는지 어찌 알 것이며 팩스만 보내놓고 안 나타나면 또 어떻게 할지 생각할수록 불안했다. 역시 미리 송금하는 게 가장 확실한 방법 같아서 우겨 돈을 보냈다. 그런데 이건 독일문화를 모르는 이방인의 무지일 뿐이었다. 할머니는 먼 외국에서부터 가방을 이고지고 언덕까지 올라온 여행자를 백만 불짜리 미소로 반겨주며 말했다.

"여기 와서 지불해도 되는데 미리 보낸 사람 맞죠? 외국 사람들은 가끔 그러더라. 독일인들은 절대 돈부터 안 보내죠. 팩스 한 장이면 충분하니까요."

나를 기억하는 것도 놀랍지만 나만 송금한 게 아니라 외국인들이 가끔 하는 실수(?)라는 말이 적잖이 당황스럽고 부끄러웠다. 어쨌거나 그곳에서 나는 잊지 못할 시간을 보냈다. 여름이라 통나무 방갈로의 긴 창문을 열어두면 고요한 호수의 수면이 수채화처럼 펼쳐졌다. 가만히 보고만 있어도 호수의 평화로운 물결이 내 몸을 휘감아 도는 듯했다. 글을 쓰는 이 시간에도 그 고즈넉한 독일 시골마을, 언덕 위 오두막에 대한 추억이 마음을 따뜻하게 한다.

독일 고성호텔에서의 하룻밤도 내 버킷리스트 중 하나였다. 유럽에는 수백 년 전 지역 영주의 거처였지만 리모델링해서 지금은 호텔로 사용하는 고성이 꽤 많다. 독일은 특히 라인강변에 집중돼 있다.

"배에서 내려 고성호텔까지 가려면 어떻게 하나요?"
"항구에 내리면 택시가 바로 있으니까 그걸 타고 언덕까지 올라오세요."

보트를 타고 라인강을 거슬러가다 보면 양쪽으로 아름다운 고성들이 연이어 나타난다. 봄에는 초록 풍경이 펼쳐지고 가을에는 포도밭에 황금바람이 불어 살랑살랑 흔들리는 모습이 지나가는 객을 유혹한다. 과거엔 영주들도 마차를 타거나 말을 타고 올라갔을 것이다. 지금은 운동 삼아 언덕을 걸어 올라가거나 자동차를 이용해야 한다. 여행자들은 무거운 캐리어도 있고 배낭에 카메라까지 둘러메고 가야 하니 솔직히 도보는 힘들다.

막상 택시로 도착한 호텔에는 엘리베이터도 없었다. 가장 높은 층에 방이 배정되어 거기까지 또 걸어서 올라가야 했다. 하긴, 백 년 전에 이런 건물에 엘리베이터를 설치했을 리 없다. 그러나 목조로 된 계단은 높이조차 신경 쓰이고, 삐거덕거리는 소리를 내며 무거운 캐리어 들고 올라가는데 짜증이 났다. 현대식 호텔의 편리함에 익숙한 여행자에게 고성의 운치는 잠깐이고 그들의 오래된 사치에 불편함만 느껴질 뿐이었다.

'이런 곳까지 찾아오는 것도 힘든데 와서도 이 고생을 해야 한다니.' 중얼중얼 신경질을 내며 배정된 방문을 확여니, 크지 않은 창문 너머로 라인강이 평화로운 미소를 띠고 반긴다. 성 아래에는 포도밭이 넓게 펼쳐져 있다. 손을 내밀면 포도 한 송이를 따서 먹어도 될 것 같은 고풍스러운 풍경. 와인을 마시지 않아도 포도송이에 먼저 취해버릴 이 분위기가 바로 고성호텔의 위엄이다.

매년 독일을 경유하는 유럽여행을 떠나지만 독일은 알면 알수록 독특한 나라다. 로컬들의 삶의 방식이 여행자에게는 불편하지만 그들에겐 자연스러운 일상이다. 이방인이 느끼는 구시대적 사고와 규칙은 어쩌면 그들 세계를 유지하는 안전한 잠금장치일 것이다. 그 천국을 드나드는 열쇠를 나도 잠깐 가지고 싶었다고나 할까.

가을이 무르익어가는 시월 첫 주, 나는 이유 없이 남해 바다가 그리웠다. 가을 타는 여행자의 막연한 끌림에 남으로 남으로 내려가다 우연히 들른 곳이 남해 독일마을이었다. 그냥 파도치는 동해를 보면 내 마음도 거칠어질 것 같아서 잔잔한 남해로 방향을 정했는데, 가는 날이 장날이라고 맥주축제를 하고 있었다. '독일마을'이라는 타이틀에 걸맞게 한국 남해에서 열리는 일명 옥토버페스트Oktoberfest였다.

축제의 핵심은 맥주 맛인데 과연 내가 독일에서 마시던 맥주 맛을 찾을 수 있을까? 흥분된 마음에 한걸음에 행사장까지 뛰어 올라갔다. 탄산이 너무 강한 것도 있었지만 현지와 비교해도 손색없을 정도로 맛좋은 맥주도 많았다. 유럽 비어로드를 따라 여행할 때 시골 양조장을 방문한 적이 있는데, 그런 진짜 독일이 아니라면 절대 못 만날 줄 알았던 브랜드를 여기서 다시 만났다. '최고의 맥주'라는 현수막까지 걸고 있어 더욱 반가웠다. 나는 마치 판타지한 '남해 독일'에 비상착륙한 여행자처럼 맥주 간판들만 보고도 흥분을 하고 말았다.

만나고 싶어도 만날 수 없었던 오래된 시골친구를 길에서 우연히 마주친 기분이랄까. 갈증이 났던 차에 맥주로 목마름을 해소하면서 옛 추억을 소환했다. 기분에 취해 박스째 포장하는 바람에 지출이 늘었지만 이곳은 명실상부한 대한민국 맥주축제의 현장이 아닌가. 일회용 잔에 맥주를 채워 축제장 주변을 어슬렁거리다 보니 외국인도 많고 가족여행자도 많이 눈에 띄었다. 입구에서는 사회자가 방문자들과 게임을 하고 행사장 본무대에서는 가수들이 나와 공연을 한다. 이런 분위기에 이런 맛!

'나 이제 독일까지 맥주 마시러 안 가도 될 거 같아.'

축제의 열기로 올라오는 갈증을 맥주로 달래고 피곤으로 떨어진 칼로리는 소시지로 보충했다. 세계 3대 축제로 꼽히는 뮌헨 옥토버페스트를 한국의 남해에서 만나다니, 참 운도 좋은 여행자다. 이제 한국에서도 독일의 가을을 느낄 수 있다는 사실에 너무 행복해진 순간, 아날로그로 숙소를 예약하며 여행했던 독일 생각이 나서 안내소에 들어가서 물었다.

"여기 보이는 집들은 숙소인가요? 모두 온라인에서 예약이 가능한가요?" "그럼요, 책자에 나온 숙소 사이트에 들어가서 바로 예약해도 되고 '남해독일마을'을 치면 검색되는 사이트 아무데서나 숙소를 예약할 수 있어요. 물론 축제 기간인 10월 첫 주엔 가격이 평소보다 올라가니까 날짜를 잘 확인하시고요."

인터넷이 세계 최강인 한국에 오면 독일문화도 이렇게 바뀐다. 와이파이도 안 터지거나 터져도 속도가 느린 독일의 펜션, 팩스로만 예약 받는 호숫가 통나무집, 전화로 문의하고 찾아갔던 강변의 고성호텔 등 21세기에 아날로그 방식으로 예약하면서 독일을 걸어 다닌 여행자의 눈에 이곳, 남해 독일마을은 독일의 미래이자 여행의 신세계처럼 느껴졌다.

2008년 독일여행을 시작으로 나는 수첩에 글을 모으기 시작했고, 지금은 절판된 책이지만 출간까지 했다. 내가 꿈꾸는 여행은 디지털여행이었는데 독일을 사랑한 까닭에 아날로그 여행자가 되었다. 그렇게 손으로 느낀 독일이 자주 그립다.

독일은 여행 계획이 없어도 미리 챙겨야 할 게 많은 나라이다. 당시 유럽은 기차를 타기 전에 종이티켓을 인쇄해

가야 했고, 숙소에 가면 예약번호를 종이로 뽑아서 보여줘야 했으며, 식당에서는 신용카드보다 현금으로 지불해야 했다. 내가 사랑하는 독일은 이제 미래 백 년을 내다보는 디지털 산업혁명을 일으키고 있다. 그러나 시골로 가면 여전히 주인이 손으로 일일이 가꾼 예쁜 정원과 그 집을 지키는 노부부의 온화한 미소를 만날 수 있는 아날로그 감성이 가득한 곳이 많다.

혹시라도 예약을 해서 집안으로 들어가 보면 노부부 둘이 살기엔 너무 큰 집이라 놀라고, 어쩜 그리 깔끔하고 예쁘게 꾸며놓고 사는지 그 감각에 놀라게 된다. 덕분에 나도 내 공간 여기저기를 잔뜩 꾸미는 종합 취미가 생기고 말았다. 세상의 모든 것이 온라인으로 공유되는 시대에 누구와도 공유할 필요를 느끼지 못하는 노부부처럼, 나의 노후도 나만의 손길이 느껴지는 방식으로 그렇게 편안했으면 좋겠다.

와이파이는 있지만 이용자가 없는 집에서
조용히 지내고 싶다.

여행을 하다보면 젊은 친구들은 나에게 왓츠업 번호를 묻거나 페이스북과 인스타그램 링크를 찾는다. 나는 어떤

SNS도 하지 않는다. 세상의 길은 오프로드로 열려 있는데 온라인에서는 손가락 터치 하나로 세계가 무한 연결된다. 20대부터 40대까지 누적된 나의 여행시간은 온라인 어디에도 흔적이 없지만 나의 파랑새는 알고 있다. 이제 삼면이 바다로 둘러싸인 대한민국이라는 안락한 새장에서 나의 독일을 만나고 내 품에 날아든 새 한 마리를 키우려 한다. 그 새가 더 자유롭게 노래할 수 있도록 마음의 창을 활짝 열어 두어야겠다.

요리가 기억날 때

나는 요리하는 걸 좋아하지 않는다. 그러나 먹는 것만큼 나를 기쁘게 하는 일은 없다. 나를 위한 밥상을 가끔 차리지만 15분이면 충분하다. 그래서 내 요리에는 추억도 즐거움도 없다. 그러나 누군가 해주는 요리를 기다리는 건 한 시간도 두 시간도 즐겁고 하루가 걸리던 일주일이 걸리던 달려갈 수 있다. 내가 대한민국 맛기행을 위해 전라도를 자주 찾는 이유이다.

전라북도 순창은 나한테 제2의 고향과 같다. 순창에서 염소 700마리를 키우는 사장님은 개업을 앞두고 지인들을 초대해 시식을 준비했다.

"와! 고기가 너무 쫄깃한데, 이건 염소의 어느 부위예요?" "오늘 탕에 들어간 부위는 수육으로 사용되는 고기라 다른 고기와는 식감이 다를 거예요." "그래서 이렇게 쫄깃하고 맛있구나. 몽골에서 먹은 염소고기가 생각나요." "어머 그래요? 난 염소를 키우는 사람인데도 몽골 가서는 염소고기 하나도 못 먹겠던데.” “왜요, 그 맛있는 고기를 못 드시면서 어떻게 염소고기 식당을 하세요?” “누구나 먹을 수 있는 맛있는 염소고기 조리법을 개발했죠. 난 한국 흑염소는 자신이 있거든요.”

몽골의 유목민 천막(게르)에 도착하면 손님을 위해 처음 내놓는 음료가 있다. '술 같은 우유? 우유 같은 술?'이다. 우리나라 막걸리처럼 흰색인데 냄새와 맛은 다르다. 키우는 말과 소, 염소 같은 가축의 젖을 짜서 술로 발효시킨 것이다. 맛은 독특하고 알코올은 강하다. 우유니 생각하고 마시면 배가 부르면서 살짝 취한다. 이것이 막걸리려니 하고 마시면 취하면서도 배도 불러 기분이 좋다.

내가 갔을 때 유목민 할머니는 세숫대야 같은 큰 그릇에 짐승 한 마리를 삶아서 내놓으셨다. 한국의 수육 같은 모양인데 척 봐도 염소가 제 모습을 고스란히 갖추고 있어 외관은 징그럽다.

“이 염소는 손님이 온다고 해서 제일 토실토실한 놈으로 조금 전에 잡아 삶은 거라 맛있을 거예요.”

할머니는 현지어로 수줍게 말하면서 고기를 하얀 술과 함께 내놓는다. '뭐, 내가 도착하기 전까지 살아 있던 놈이라고?' 그래서인지 살코기가 상당히 쫄깃쫄깃했다. “어머나, 우리 때문에 일부러 잡으신 거네요. 영광입니다. 잘 먹을게요."

가이드가 할머니한테 일일이 물어보면서 고기 부위를 영어로 설명해준다. 그녀는 몽골 사람이지만 먹지 않고 외국에서 온 내가 다 먹고 있다. "여기는 어디에요? 거긴 무슨 부위예요?" 나는 잘라주는 대로 얌전히 먹어도 되는데 호기심에 자꾸 고기 부위를 확인한다. "한국에서 온 여행자 맞아요? 이렇게 모든 부위를 찾아서 먹는 사람은 처음 봐요. 러시아 사람들도 염소를 좋아하지만 모든 부위를 먹지는 못해요." "그래요? 전 여기 눈알도 맛있고 혀도 맛있고 귀는 두 개뿐이라 아쉬울 정도인데요."

그날 나는 염소의 모든 부위를 골고루 확인하면서 제대로 먹은 첫 번째 외국인 손님이었다. 염소의 영롱한 눈알은 상큼하고, 긴 혀는 말랑하며, 두 귀는 쫄깃하고, 붉은 간은 부드러우며, 튼튼한 위는 푸석하다. 그중에서 식감이 제일 좋은 부위는 창자다(순대 맛과 비슷했다).

"이렇게 대자연에서 품격 있는 고기를 다 먹어보네요. 바로 잡은 고기 맛이 이렇게 다르다는 걸 처음 알았어요. 정말 고비사막으로 여행 온 보람이 느껴지는 순간이에요. 아무리 생각해도 저는 전생에 몽골에서 말달리는 유목민이었던 것 같아요."

현지인처럼 살아보기 위한 목적으로 인도를 두 번째 찾았을 때다. 델리에 도착해서 처음에는 빠하르간즈^{Pahar Ganj}에 있는 허름한 게스트하우스를 전전했다. 인도에서 승인한 비자에 맞춰 6개월은 살 수 있는데 장기체류를 위한 숙소가 마땅치 않았다. 결국 찾아낸 곳은 서민 아파트의 방 한칸. 지인의 소개로 델리 주택가에서 무슬림 가족과 함께하는 홈스테이가 시작되었다.

게스트하우스를 떠나 인도 현지인 주택에 살면
여행자의 하루도 달라진다.

외국인이지만 서민들의 생활에 스며들어 소소한 일상의 즐거움이 하나둘 늘어나고 있을 때였다. 집을 나서 동네 시장에도 가보고 주택가 골목 가게들을 구경하면서 구석구석 돌아다니다가 친해진 청년들이 있다. 집에서는 독방에 갇힌 새처럼 혼자 지내지만 그들과 이야기하면 재미가 있었다. 델리대학교에 다니는 학생들인데 세 명이 같이 자취를 하고 있었다.

인도 남학생들의 자취생활이 궁금해서 저녁을 같이 먹자고 했다. 그들은 자기들 집에서 식사를 대접하겠다며 위치를 알려주었다. '설마 집에서 요리를 해먹겠어? 가까운

레스토랑으로 가겠지.' 생각하며 자취집에 도착했다. 그런데 내가 외국인이라 진짜 인도음식을 먹이고 싶었는지 장을 봐서 요리를 해먹자고 한다.

대학생 세 명이 같이 사는 한 칸짜리 방문을 열어보니 삶이 미니멀라이프 그 자체다. 정말 휑하니 가구 하나 없는 차가운 감옥 같았다. 부엌에는 초대한 손님을 위해 내놓을 간식도 없다. 보통 저녁 약속시간이 6시라고 하면 우리는 6시에 식사를 같이 하지만 그들의 시간표는 다르게 돌아간다. 먼저 6시에 모여 앉아 짜이를 끓여 마시며 하루 이야기를 나눈다. 실컷 웃으며 수다를 떨다가 저녁 준비를 한다며 시장에 간다. 오늘의 메인은 치킨커리라고 하면서.

시장 갔다 온 지가 언제인데 부엌에서 아무 소식이 없다. 무슨 일인가 들여다보니 LPG 가스 하나로 밥(짜파티)하고 국(수프) 끓이고 고기요리(치킨커리)까지 하고 있다. 불 하나로 모든 요리를 하려니 두 시간이 넘게 걸린다. 무엇보다 남자 셋이 교대로 부엌을 들락거리며 음식을 만들고 있는 그 자체가 신기해 보였다.

델리대학교에 다니는 이 엘리트 학생들은 모두 독실한 힌두교 신자로 한국 라면에는 소고기 육수가 들어갔다고 사발면도 안 먹는 채식주의자들이다. 그런데 나를 위해 만드는 오늘의 메인요리가 치킨커리란다. 대학생 때 나도 자취를 해봤지만 직접 장을 봐서 음식을 만들어 먹지는 않았는데 여기 남학생들은 어쩜 그리 요리도 잘하는지. 채식주의라면서 닭을 만지고 토막 내서 끓이고 카레 만드는 일을 척척 잘도 한다. 거의 셰프 수준이다. 간도 안 보고 만들었다는데 내 입맛에 딱 맞는 것도 미스터리다.

그 맛을 본 후로 닭요리를 좋아하지 않던 나의 외식 목록에 인도치킨이 올라갔다. 지금도 유일하게 인도식당에서만 탄두리를 포함한 치킨커리를 사먹는 인도치킨 마니아이다. 인도치킨을 먹을 때면 언제나 그들과의 화려한 만찬이 생각난다. 내가 홈스테이를 한 가정에서도 매일 먹는 음식이 어떻게 요리되는지 부엌을 들여다본 적은 없지만 하루 세끼 모든 맛이 언제나 최상이었다.

인도에 살면서 가장 놀란 것은 집에 냉장고가 없어도 사람 사는 데 지장이 없다는 사실이다. 무더운 여름에도 냉장고에서 음식을 꺼내 먹는 것을 본 적이 없다. 그들은 음식 자체를 보관했다가 먹는다는 생각을 하지 않는다. 서민들의 경우 길게 보관할 수 있는 냉장고가 없으니 끼니마다 가까운 시장에 가서 신선한 재료를 사서 만들어 먹는다. 만약 그날 메인요리가 닭이라면 시장 닭장 안에서 놀고 있는 닭 중에 가장 맛있어 보이는 것을 한 마리 고른다. 그러면 주인이 '찜 당한' 닭을 꺼내 손님이 보는 앞에서 잡아 바로 포장해준다.

그렇게 매일 장을 봐서 함께 식사를 준비하고 가족들이 모여 같이 먹기 때문에 음식 양도 잘 아는 것 같다. 한 번 만든 음식은 그 자리에서 모두 먹고 남기지 않는다. 물론 남겨도 저장할 냉장고가 없다. 그런 습관이 배어 있기 때문에 아침에 일어나서도 제일 먼저 하는 일이 장보기다. 시장에 가서 아침에 갓 짠 우유를 사거나 응고시킨 우유(커드)를 사다가 아침을 준비한다. 점심에도 장에 가고 저녁에도 가족이 같이 장을 본다. 하루 세끼 모든 식단이 다르고, 장에 가는 사람도 여자가 아니라 남자들이다.

인도는 어디에나 시장이 있다. 인구가 많아서인지 시장도 많고 시장에서 파는 물건도 다양하다. 주택가의 시장 규모는 크지 않지만 먹사는 데 문제가 없도록 모든 것이 존재한다고 해도 과언이 아니다. 시장 골목에는 남자가 대부분이고 부엌에서는 주로 여자가 요리를 한다. 부부와 아이들이 매일 이렇게 함께 생활하니 가족이 화기애애하지 않을 수 없다.

한국에서 우리 전통의 맛을 찾아 주로 여행가는 곳은 전라도 지역이다. 전라도에 가면 단골집이 많다. 인도처럼 살아 있는 닭을 튀겨서 판매하는 통닭집도 있고, 몽골에서 먹은 염소고기 수육을 파는 식당도 있다. 내 단골 통닭집은 그날 먹을 닭을 그날 잡아서 파는데, 인도와 다른 점은 닭 한 마리를 잡았을 때 나오는 모든 내장과 닭발 그리고 똥집까지 튀겨서 준다는 점이다. 주인은 닭 한 마리를 잡으면 버릴 게 하나도 없다며 웃는다.

우리나라 시골 재래시장에 가보면 살짝 인도 골목의 향기가 느껴지고 가축농장을 보면 몽골 초원도 보인다. 시장에서 닭을 보면 독실한 힌두교도이자 철저한 채식주의자였던 인도 대학생들이 만들어준 치킨커리 맛이 생각나고, 염소를 보면 유목민 가족이 바로 잡아서 부위별로 담아주었던 세숫대야 가득한 수육이 떠오른다. 요리를 안 해도 먹어본 음식은 뇌가 기억한다.

나에게 음식이란 여행이라는 조미료가 가미된
기억의 저장 그릇이다.

돌 모으는 마음

방청소를 하다 실수로 창문을 쳤다. 쾅! 우르르 무너지는 소리와 함께 창문 앞에 줄줄이 놓아둔 돌들이 떨어졌다. 깨지지 않아서 다행이다.

나는 돌을 모은다. 여행한 나라의 수만큼은 아니지만 내 생활공간 곳곳에는 외국에서 가지고 온 돌들이 한 자리씩 차지하고 있다. 언제부턴가 여행 중에 특별한 감정을 느끼는 장소에 머물 때면 그곳의 돌을 주워오는 습관이 생겼다. 여권에 스탬프를 찍듯 내가 다닌 여행지를 수집하고 기억하는 의미이다.

"아니 무슨 돌이 이렇게 많아요? 예쁘지도 않네. 어디에서 이런 걸 주워 와요?"

책상에도 침실에도 장식장에도 부엌에도 화분에도 돌이 놓여 있다. 돌은 나에게 여행의 시간이고 기억이다.

알래스카 빙하의 돌

앵커리지에서 출발하는 알래스카 빙하열차를 타고 푸른 하늘 아래 하얀 만년설을 보면서 와인을 마시고 있었다. 더 이상 다닐 곳이 없을 만큼 다닌 것 같아도 알래스카는 다시 가고 싶었다. 한 곳을 다섯 번쯤 가니 알래스카의 대자연도 태백산처럼 친근하게 느껴졌다.

앵커리지를 다시 방문한 건 빙하 크루즈를 타기 위해서였다. 현지 기차역에 내리자마자 안내소에서 빙하 하이킹 안내책자부터 챙겼다. '여름에도 빙하 하이킹이 가능하다고?' 지난겨울에 왔을 때 온 세상이 하얀 눈밭에서 빙하계곡을 따라 하이킹한 짜릿한 기억이 남아 있다. 그래서 이렇게 푸른 여름에 하는 하이킹도 궁금했다.

지구온난화로 빙하가 빠르게 녹으면서 지형을 변화시키고 있다. 예전에는 빙하를 가까이 보면서 걸었는데 지금은 어느 정도 깊은 산 속으로 걸어 들어가야 빙하 하이킹이 가능하다고 한다. 자연 스스로 지형을 밀어내고 깎아내면서 접근하지 못하게 막아도 인간은 또 귀찮게 찾아간다. 한 시간가량 산길을 따라 걸어가니 더 이상 들어가지 말라는 안내문이 보인다. 접근금지 표시 줄이 길게 쳐져 있고 그 앞에 포토존 간판이 세워져 있다. 바로 그 지점에서 하얗고 파란 빙하를 바라보아야 한다.

만년설이 그냥 하얀색 눈 표면이라면

빙하는 하늘색이 굳은 고체 덩어리 같다.

오래전에는 내가 선 곳까지도 대부분 빙하로 덮여 있었다고 한다. 그러나 매년 빠른 속도로 녹으면서 지금은 이렇게 멀리에서나 빙하를 바라볼 수 있다. "저기까지 들어가는 투어는 전문 가이드와 함께 복장을 모두 갖춰 입고 안전하게 들어가야 합니다. 우리는 여기까지입니다."

그때 나는 그 지점에서 바라본 알래스카 빙하가 내 마지막 빙하여행이 될 것을 예감했다. '오늘 이후로 더 이상 알래스카는 오지 못할 것이다, 이 순간을 무엇으로 기억해야 할까.' 생각하며 언덕을 돌아 내려갔다. 이 느낌을 사진에 잘 담을 재주도 없고, 알래스카 하얀 눈을 담아갈 수도 없고, 빙하 덩어리를 깨서 가져갈 수도 없다. 그때 생각난 것이 돌이었다.

멀리 계곡이 보였다. 빙하가 흘러내린 물에 어제 내린 빗물까지 더해져 깎이고 다듬어진 자잘한 돌들이 태양빛을 받아 반짝거리고 있었다. 나는 계곡 안쪽으로 걸어 들어가 잠시 앉아보았다. 차가운 돌에서 태양을 머금은 따스함이 설핏 느껴졌다. 지금 이 계곡의 돌들에는 한자리에서 묵묵히 여러 계절을 보낸 자연의 에너지가 담겨 있다. 여름

에는 녹아내리는 빙하의 말동무가 되어주고 겨울에는 하
얀 눈의 가족이 되어주었을 것이다. 이곳의 모든 시간을 간
직한 돌들을 오늘 나는 가져간다. 의미를 부여하면서 바닥
을 보니 가져가고 싶은 돌멩이가 많았다. 배낭 무게를 생각
하면 큰 것 한 개보다 작은 돌 여러 개를 가져가는 게 낫다.
돌을 가방에 넣으면서 흐르는 물소리와 바람소리를 기억
창고에 함께 저장한다. 지금 이 순간 물소리와 함께 들리는
새소리, 바람소리는 이 계곡에서 매일 울려 퍼지는 자연의
대합창일 것이다. 나도 모르게 노래를 흥얼거린다. 나와 자
연이 하나가 된 이 순간의 모든 느낌을 기억하게 해주는 것
은 앞으로 사진이 아니라 가슴으로 담아온 돌이다.

주운 돌의 모양은 가지가지다. 가능하면 예쁘게 생긴
돌을 찾지만 모양보다 돌을 손에 쥐었을 때 받은 첫 느낌이
중요하다. 그렇게 시작된 돌 수집은 캐나다 로키, 콜로라도
레드락, 그랜드캐니언, 아치스캐니언, 브라이스캐니언에서
도 계속되었다. 나는 모든 돌에는 그만의 에너지가 있다고
생각한다. 길에서 만난 돌에 가격은 없지만 내가 주운 돌에
는 가치가 있다. 돌들의 에너지와 나는 함께 공명한다. 각
각의 장소에서 새겨진 돌의 시간을, 그 깊은 세월을 파동으
로 느낄 수 있다. 옷과 신발을 버린 자리에 돌을 채워서 오
는 이유다.

히말라야 최북단, 라다크의 돌

30대 여행에서 인도 갠지스강을 만났다면 40대 여행에서는 인더스강을 만났다. 2019년 9월, 나는 18년 만에 인도를 다시 찾았다. 목적지는 히말라야산. 인도 북쪽에 있는 인더스강에 발을 담그고 싶다는 간절한 생각 때문이었다. 티베트에 있는 수미산(카일라시산)에서 발원한 인더스강은 세계 4대 문명이 시작된 곳이며 티베트불교에서 가장 신성시하는 강이다.

"일정 중에 인더스강에서 헤엄칠 시간이 있나요?" "물이 차가운데 수영이라도 하시려고요?" "아뇨, 그냥 발을 좀 담그고 싶어서요." "일정상 인더스강을 여러 번 지나가기는 하지만 강가로 내려갈 시간은 없어요. 이곳 라다크^{Ladakh}는 고산지역이라 8월까지 래프팅만 가능해요." "저는 그냥 강에 두 발만 담그면 돼요."

티베트 불교사원에서 7년간 승려생활을 하고 지금은 프랑스어와 영어 가이드를 하고 있는 청년이 피식 웃는다. 아침부터 라다크 지역의 도시 레^{Leh}에서 달려온 버스는 좌우측으로 깎아지른 절벽과 유유히 흐르는 여러 개의 강줄기를 보여주고 있다. 가이드의 말처럼 인더스강을 내려다보고 가는 건 맞지만 중간에 차를 세우고 내려가는 건 말이 안 된다. "저 강이 인더스강인데 어떻게 내려가시겠어요?

내려간다고 해도 다시 올라오면 오늘 오후 일정은 모두 포기해야 해요." 다른 일행이 있어서 내가 하고 싶은 대로 일정을 바꿀 수도 없다. 아쉬운 마음에 멀리서 흐린 강물만 카메라에 담았다.

라다크 사람들은 갠지스강보다 인더스강을 더 신성하게 생각한다. 불교와 힌두교라는 종교의 차이만큼이나 신성시하는 강이 다르다. 수천 년 전 고대문명이 태동할 때부터 라다크 지역에서는 불교문화가 번성했다. 바로 인더스강 때문이다. 차가 비포장도로를 툴툴거리며 달리는데 전혀 피곤하지 않다. 그렇게 화장실도 없이 한참을 달리다 작은 산골마을에 멈춘다.

"지금 우리가 가는 곳은 달라이라마가 라다크에 오면 다녀갈 정도로 중요한 사원으로 티베트불교 신자라면 꼭 들러야 하는 성지 중의 성지입니다."

좁은 골목을 따라 걸어가는데 앞에 검은 바위산이 우뚝 서 있다. "혹시 저 산 아래로 흐르는 물이 인더스강인가요?" "네, 맞아요." 인도의 힌두교 신자들이 갠지스강 근처에서 종교의식을 치렀다면 티베트불교의 본고장인 라다크 사람들은 인더스강변에 사원을 만들고 종교생활을 했다.

유서 깊은 사원을 가이드의 설명과 함께 둘러본 후 나는 잰걸음으로 강가로 내려갔다.

히말라야의 가을. 9월이지만 강물은 3분 이상 발을 담그고 서 있기가 힘들 만큼 차가웠다. '여기 물이 찬 게 아니라 내 몸의 에너지순환이 잘 안 되는 건 아닐까. 몸 안의 열이 밖으로 배출되지 않으니 자주 아프고 지금 강물에 내 발도 고통을 당하고 있는 건 아닐까. 평소에도 손발이 차긴 한데 일단 참아보자.' 이런 신성한 물에서 참아야 내 몸도 치유되고 좋아질 것 같았다.

나는 바라나시의 갠지스강변 구루들처럼 차가운 물에 발을 담그고 두 손을 하늘로 올렸다. 어느새 일행도 따라서 강으로 내려왔다. 나는 신발을 챙겨 신고 강변을 거닐며 돌을 줍기 시작했다. 인더스강가에는 무구한 세월만큼이나 다양한 돌들이 흩어져 있었다. 어느 것 하나 버릴 게 없다. 이거 다 가져가면 인도 세관에 걸리지 않을까.

"이건 어디에서 온 돌인가요?"

돌이 많아지고 모양도 다양해서 이제 소속을 모르겠다. 따로 메모를 해두거나 내 나름의 원산지 표시를 해두었어야 하는데 이미 늦었다. 과연 내가 돌 하나를 주우면서 기억하고 싶었던 것은 무엇일까. 그 돌에 내가 담고 싶은 의미는 무엇일까. 반출금지 경고판이 없는 한 그곳의 돌을 챙긴다. 나에게 돌은 지구의 선물이고 여행의 흔적이다. 마치 우주 은하계를 떠돌던 원석이 내가 사는 공간으로 날아 들어온 것처럼 나는 이 돌들을 지킨다. 그런데 청소를 하다가 행성 중 몇 개를 떨어뜨린 것이다. 파괴되지 않은 것에 감사했다.

앞으로 얼마나 많은 돌을 더 여행가방에 담아올지 모르겠다. 나에게 돌은 그냥 돌멩이가 아니라 추억의 상징이고 내가 사랑한 기억들의 결정체이다. 돌은 나를 다시 여행하게 하고 미소 짓게 한다. 침대 옆에 두고 보기도 하고 손에 쥐고 잠들기도 한다. 그러면 해변의 파도소리가 들리기도 하고 계곡의 물소리가 시원하게 느껴지는 돌도 있다.

세상의 모든 돌은 위대하며 아름답다. 그렇게 나는 알래스카 빙하물이 흘러간 돌, 인더스강물에 깎인 신성한 돌, 로키의 대자연에서 튕겨져 나온 돌, 아이슬란드 빙하 섬에서 주운 돌, 하와이 바닷가에서 건진 현무암, 세도나의 붉은 바위에서 쪼개진 돌 등을 집에 가져와서 느낀다. 지구라는 행성에 남겨진 작은 흔적이지만 우주의 의미를 품고 나를 만나 같이 에너지를 공유하고 있다. 오늘도 나는 여행길에서 돌을 줍는 돌 도둑이다.

아이슬란드여행이 끝나갈 무렵, 밀려오는 허전함에

어떤 바다와 멋진 풍광을 보아도 전혀 기쁘지 않았다.

나는 행복해지기 위해 여행을 왔고

이 아름답고 평화로운 섬에서

세상 멋진 풍경들을 매일 갱신하듯 만나고 있다.

그런데 왜 자꾸 허전해지는 걸까.

나의 여행이 처음으로 부끄러웠다.

PART 5.

치유가 필요한 시간들

내 몸이 아픈 사랑

정기검진은 매년 하지만 항상 신경이 쓰인다. 그러나 나는 체질적으로 건강한 사람이다. 살면서 두통, 치통, 생리통 약 한 번 먹은 적이 없다. 하체 근력이 약해서 등산을 잘 하진 못하지만 지금까지 크게 잔병치레 없이 잘 지냈다.

"CT 한 번 찍어봐야겠는데요, 저번보다 크기가 눈에 띄게 커졌어요." 초음파검사로는 정확한 판단이 안 되는지 병원에서는 CT 촬영을 권한다. "CT 촬영하면 뭐가 보이는데요? 전 크게 아픈 데가 없는데도 그걸 찍어야 하나요?" "촬영하고 괜찮을 수도 있지만 정기검진을 하는 김에 좀 더 자세히 검사해볼 필요는 있어요."

병원에 가는 건 치과, 피부과, 성형외과 그 어디라도 싫다. 감기에 걸려도 약국조차 안 가는데 다시 긁고 와서 CT를 찍으라고 하니 불안하다. 현재 내 나이를 생각하면 한 군데쯤 신호가 들어올 때는 됐지만 아직 걱정할 정도는 아니다.

위 용종. 간 혈관종. 자궁근종.

(위) 당장 문제될 크기는 아니지만 앞으로 관리를 잘해야 합니다. (간) 술을 끊거나 이전보다 많이 줄여야 합니다. (자궁) 이렇게 방치하면 큰 병원 가서 바로 수술을 해야 할 수도 있습니다. 일단 자궁은 대학병원 가서 정밀검사를 다시 받아보는 게 좋겠어요.

자신만만하던 건강에 자신감이 떨어진다. 모든 병은 약해진 마음에서 온다. 다시 분노한다. 나의 이런 분노와 세상에 대한 원망이 병을 만들었는지 모른다. 겉만 건강하고 속은 환자다. 나는 우리 사회에 그냥 억울하고 살기가 많은 사람이었다.

"세상에 그런 치유법은 없어요. 사기를 당하실 수도 있어요." 산부인과 의사는 자궁수술을 해야 한다며 목소리를 높인다. "환자는 자연치유를 한다면서 시간을 낭비하고 있어요. 얼른 수술날짜 잡으세요." "아니 몸이 아프지도 않은데 어떻게 수술을 해요. 솔직히 몸에서 피가 흐른다거나 가끔 통증이 있다거나 어떤 반응이라도 있어야 수술하는 거 아닌가요?"

아무리 생각해도 수술은 내키지 않는다. 차라리 지금이

라도 내 몸에 좀 더 신경 쓰면서 살아보자는 마음뿐이다.

나는 병원을 나와서 약속된 사찰로 향했다. 스님은 전화로 이미 아픈 곳을 알기에 반갑게 맞아주셨다. 절에는 의료관련 아무 기기도 없다. 방 중앙에 부처님이 연꽃 속에 모셔져 있을 뿐이다. 정성으로 삼배를 드리고 편안하게 누웠다. 스님이 내 몸의 장기를 어루만지며 염불을 외운다. 처음에는 걱정 때문에 긴장이 풀리지 않았지만 곧 마음이 열리면서 편안해졌다. 시간이 얼마나 지났을까. 그냥 눈물이 나오기 시작했다. 내 몸이 아픈 것보다 마음이 아팠다.

향냄새를 맡으며 조용히 지나간 시간을 떠올려본다. 입원하라는 병원을 나와 사찰로 들어온 나는 왜 이런 진단까지 오게 되었는지 생각한다. 하늘에서 보면 오늘 이 상황도 이유가 있을지니, 내가 지금 흘리는 눈물은 영혼이 치유되는 과정일 것이다. 살면서 가장 힘든 때가 언제였는지, 언제부터 나라는 사람의 속이 부드러운 솜방망이에서 불신과 분노로 가득 찬 독한 쇠방망이로 변했는지 필름을 돌려본다.

대학을 졸업하고 J를 만났을 때는 내 나이 꽃다운 24세. 대학 졸업 후 친구 따라 서울 와서 몸도 마음도 고생이 많은 시절이었다. 친구의 배신에 정신적, 경제적으로 방황했다. 당시 생활비조차 없어서 식당에서 세끼를 해결하며 알바로 하루를 버텼다. 성질 고약한 나를 챙겨주고 마음을 열어준 사람이 그때 나타났다. 우리는 영원히 함께할 것처럼 만났지만 결국 헤어졌다. 그때부터 나는 (마음이) 아팠다. 그리고 지금 내가 이렇게 (몸이) 아픈 것에 화가 난다. 그를 혹처럼 떼어낸 탓일까. 이렇게 내 몸에 여러 개의 혹이 붙어버렸다.

"앞으로 절대 남자 만나지 마.
나 같은 피해자를 만들면 안 되니까."

그는 오래도록 나를 원망했을 것이다. 그가 마지막에 남긴 저주의 말 때문인지, 내가 헤어지자고 해서 헤어졌으면서 떠난 그 사람 때문에 내가 더 힘들었다. 나는 밀려오는 고통을 인정하고 싶지 않아서 현실로부터 도망쳤다. 그리고 영원히 사라질 구실도 찾았다.

80일간의 인도 불교성지 순례. 말이 거룩한 성지순례지, 순례가 끝나면 조용히 죽을 작정이었다. 그러나 죽으려고 떠난 여행에서도 죽지 못했다. 그가 여행길에 수시로 나타났고 자주 꿈속에도 등장했다. 그를 잊기 위해 떠난 여행에서 그의 생각이 더 많이 났다. 떠난다고 해서 멀어지는

게 아니다. 멀리 간다고 해서 옆에 없는 게 아니다. 그럴 때
마다 죽어야지 하는 마음으로 나를 여러 번 죽였다. 정말
살고 싶지가 않았다. 내가 나를 죽이지 못해서 화가 났다.
그가 떠날 때 나는 이미 죽었다. 그때 그도 죽은 것 같다.
지금까지 아무 연락이 없는 거 보면.

　순수한 사랑을 해본 사람은 안다. 죽음을 알리는 부고
장이 날아오지 않아도, 장례식이라는 확인된 절차가 없어
도, 우리 영혼은 존재의 연결이 끊어짐을 느낄 수 있다. 한
때 뜨겁게 사랑했던 우리는 데미 무어가 연기한 영화 〈사
랑과 영혼Ghost〉에서처럼 보일 듯 보이지 않게 연결되어 있
었다. 비록 20대 때만큼은 아니지만 아직 내 가슴은 뜨겁고
심장은 요동치는데 마음에서 아무런 사랑의 온도가 느껴지
지 않는 건 그의 존재가 영원히 나로부터 분리되었기 때문
이리라. 그래서 더 이상 볼 수 없는 사라진 존재가 되어 내
속에서 죽음과도 같은 고통이 계속되고 있는 것이다.

　내가 무참히 버린 사랑에 대한 후회는 점점 분노로 변
했고, 세상의 남자들에 대한 살기가 수시로 폭발했다. 나는
그렇게 많이 아프고 힘들었다. 병원에서 수술로 없애고 싶
지 않은 혹 덩어리. 그것에 대해 내가 선택한 방법은 영혼
의 치유다. "자궁에 덩어리들이 많이 있어요. 이런 상황인
데 그동안 불편하거나 아프지 않았어요?" '사실은 몸이 아

니라 마음이 아팠어요.' 이제는 나를 용서해야 한다. 그를 내 몸에서 내보내야 한다. 겉으로 보이지 않는 내면의 아픔이 혹(근종)으로 나타나고 그 혹은 CT를 찍어야만 자세히 보였다. 내 마음의 상처는 의학의 기술(수술)이 아닌 사랑의 치유를 필요로 한다.

나는 첫사랑 J를, 인도여행이 끝날 때쯤 완전히 잊은 것으로 생각했다. 갠지스강을 떠나면서 살아야 할 의지를 품고 귀국했기 때문이다. 더 이상 눈물이 나오지 않아서 괜찮은 줄 알았다. 무사히 그를 잘 보냈다고 믿었다. 그런데 그의 영혼이 아직도 내 영혼을 울리고 있다.

그의 심장이 고장 나면 내 심장이라도 떼어주고 싶을 만큼 사랑했다. 여전히 내 심장은 존재하는데 사랑은 없다. 그는 늘 말했다. 당신 몸은 네 거가 아니고 내 거니까 잘 챙기라고. 내 몸을 챙겨주는 그 사랑이 없어서 나는 아프다. 내가 아무리 밉게 굴어도 부처처럼 웃어주던 그가 옆에 없어서 아파졌다.

20대에 만나서 30대에 헤어진 우리는 이별 자체가 고통이었다. 버린 사람도, 버려진 사람도 모두 힘들었다. 나의 정신은 미쳐갔고 몸은 병들어갔다. CT는 영혼까지 찍어내지 못한다. 시력이 좋아서 많은 것을 볼 수 있지만 제 마음을 들여다보지 못한 환자는 세상에 괜한 분노만 내뿜으며 살아왔다. 그 누적된 살기가 몸속에서 굳어 혹이 된 것이다. 그래서 수술하라는 의사의 권고를 물리치고 내가 선택한 것은 영혼의 치유, 즉 사랑이다. 내가 나를 사랑하고 내 몸을 아껴야 한다. 스스로를 사랑하는 힘으로 나는 다시 건강해지리라.

사찰을 나오면서 하늘을 본다. 병원에 전화해서 검사 날짜를 잡아야 하는데 항공권부터 예약한다. "다음 검사는 한 달 뒤로 해주세요." 주어진 한 달이라는 시간, 나는 다시 떠날 것이다. 내 육체는 병원에 가야 하지만 내 영혼이 여행을 원한다. 이 길이 인생의 마지막 여정이어도 좋다. 이제 모든 미움과 분노를 내려놓고 그 사람과 나의 영혼을 달래기 위한 여행을 시작하고 싶다.

당신을 기억합니다.
당신과 함께합니다.
T.R.A.V.E.L.

나는 슬플 때 기차를 탄다

'어차피 알게 될 것 같아 문자 보내요. ○○님께서 수요일에 돌아가셨어요.'

문자를 다 읽기도 전에 흐르는 눈물. 고장 난 수도꼭지처럼 뜨거운 눈물이 가슴을 후비며 흘러내린다. 문자의 힘이란 이런 것일까? 2014년 겨울, 독일에 도착한 지 3일째 되는 조용한 일요일 아침 막내동생이 국제전화로 "누나, 아버지가 오늘 사고로 돌아가셨대." 하는 말을 들었을 때도 이렇게까지 눈물이 나진 않았다.

내가 한국에 있었다면 바로 고향에 내려가서 장례식다운 장례식을 가족과 함께 치르며 울었을지 모른다. 그러나 그때의 나는 타지에서 당장 귀국할 수 없는 상황이었다. 내가 자리를 비우면 진행되던 행사를 바로 중지해야 해서 아버지의 사망 소식을 함께 있던 누구에게도 말하지 못했다. 먼 이국땅에서 무작정 슬퍼만 하기엔 내가 챙겨야 할 일이 너무 많았다.

나는 묵묵하게 플랫폼에 들어선 기차를 타고 독일 최고 봉 추크슈피체^{Zugspitze} 만년설을 보기 위해 이동하고 있었다. 산악열차를 갈아타면서 해발 2600m에 위치한 기차역까지 어떻게 올라갔는지 모르겠다. 그러나 3시간가량 아무 파동이 없던 내 감정은 정상의 만년설을 보기도 전에 화장실에서 터지고 말았다. 울음이 밖으로 새어나가지 않게 하려고 악착같이 휴지 뭉치를 입에 물었던 기억이 난다. 지금 생각하면 무슨 정신으로 그 시간을 버텼는지 모르겠다. 출장을 마치고 10일 만에 귀국한 나는 아버지의 임종을 가까이에서 지켜보지 못했다는 사실에 오랫동안 자학하며 살았다.

그리고 최근에 문자로 날아든 지인의 부고에 내 마음은 다시 덜컹이는 기차처럼 흔들렸다.

'아니, 왜요? 갑자기 왜 그런 건데요. 그동안 어디 아프기라도 하셨나요?'

금요일 퇴근시간, 내가 보낼 수 있는 문자는 단 한 번뿐. 모두가 퇴근한 시간이라 혼자 있었고 약속 없는 금요일은 혼자여도 늘 바빴다. 한 주간 밀린 일들을 정리하며 한창 정신없어야 할 시간인데, 돌아온 장문의 문자 한 통에 모든 것이 정지되었다. 이미 3일 전에 돌아가신 데다 오늘 아침에 발인까지 끝낸 사람에 대한 부고, 영혼에 가해지는 충격, 언제든 다시 만날 수 있다고 생각한 사람인데 별안간 리스트에서 사라진 존재….

돌아온 문자를 읽고 또 읽어보지만 믿을 수가 없어서 오늘 발인까지 한 사람의 전화번호로 잘 가라는 안부 문자를 전송하고는 또 운다. 그렇게 퇴근 후 밤새 울다가 잠이 들었다. 자다가 눈만 뜨면 눈물이 나와 내내 뒤척였다. 그리고 퉁퉁 부은 얼굴로 새벽같이 일어나 배낭 하나만 메고 서울역으로 향했다.

나는 연애는 포기할지언정 여행을 중도 포기한 적은 없다. 마치 경주마처럼 앞만 보고 달렸고 결코 멈추지 않았다. 가만히 머무는 것보다 새로운 장소를 향해 항상 떠날 준비를 했고 그런 시간들이 나를 위로했다. 이렇게 에너지가 소모되는 소식을 들을 때면 또 멀리 떠날 필요를 느낀다. 그래서 주말 아침이지만 부랴부랴 집을 나서 서울역에서 강원도 태백까지 이동하는 버스에 몸을 실었다. 그것이 내가 선택한, 슬픈 하루를 견디는 방식이다.

철암역 – 증산역 – 분천역.

탄광촌에서 산타마을까지, 나는 기차처럼 느리게 넋을 놓은 채 실려 갔다. 서울에서 태백까지 버스를 타고, 다시 기차 타고, 다시 버스 타고, 그렇게 목적 없이 하루 종일 돌아다녔다. 기쁜 마음에 시작하는 여행도 있지만 이렇게 너무 큰 슬픔도 떠나는 이유가 된다.

슬픈 감정은 이동하는 거리만큼 분해된다.
가슴에 담긴 기억은 흐르는 시간만큼 잊어진다.

친구들의 죽음

"글쎄, 영이가 자살했대. 정신병원에 1년 있으면서 많이 좋아진 줄 알고 집으로 데리고 왔는데 약을 먹고 죽었대."

주변에 아는 친구 한 명 자살하지 않은 사람은 행운이다. 누군가의 선택적 죽음은 언제나 마음이 아프다. 초중고를 같이 다닌 영이는 키도 크고 예뻐서 어디서나 눈에 띄는 아이였다. 새침데기처럼 말이 없고 조용해서 늘 남학생들이 따라다녔다. 나는 외모에 대한 열등감이 있어서 공부로 이겨내려고 했다. 공부 잘한다는 칭찬이 유일한 위로였고, 아직도 학창시절을 떠올리면 상 받는 기억만 남아 있다.

고등학교 입학부터 인문계와 실업계로 나뉘면서 예쁜 애들과도 이제 안녕이라 생각했는데, 영이를 학교 앞 자취집에서 다시 만났다. 두 살 터울 언니들이 같은 집에서 자취하는 바람에 우리도 한집에 사는 자취생 가족이 되었다. 학생 수가 많은 고등학교라서 같은 여고라도 더는 마주칠

일이 없을 줄 알았는데 아침저녁으로 얼굴을 보는 사이가 된 것이다.

고등학교를 졸업하고 나는 부산으로 대학을 갔고 영이는 서울로 대학을 가겠다며 재수를 선택했다. 그게 마지막이었다. 자살 소식보다 놀라웠던 건 재수 중인 줄로만 알았던 그녀가 정신병원에 입원했었다는 사실이다. 어떤 사정이 있었는지 모르겠지만 정신병원에서 나오자마자 자살을 했다고 하니 너무나 충격적인 소식이었다.

영이보다 먼저 죽은 세준이라는 친구도 있었다. 그는 우리집과 담이 붙은 옆집 남학생인데 고등학교부터 부산에서 유학을 시작했다. 중학교 졸업하고 바로 도시로 가서 명절에만 잠깐 얼굴을 볼 수 있었다. 세준이 역시 재수를 하고 있었는데 대입시험이 끝난 날 저녁, 동네 남학생들과 어울려 뒤풀이를 한다며 술을 마셨다고 한다. 그리고 늦은 시간이라 버스가 끊겨 집까지 걸어가다가 교통사고로 죽었다. 시골은 2차선 도로가 좁다. 달리는 차를 피하려면 갓길 안쪽으로 걸어야 하는데 가장 바깥쪽에서 걷던 세준이가 차에 치였다. 그리고 그 자리에서 즉사했다.

재수를 하다가 정신적 쇼크로 자살을 한 친구와 대입시험이 끝난 날 저녁에 교통사고로 사망한 친구의 잇따른 비보에 평범하게 대학에 들어간 나의 캠퍼스 생활도 그리 즐겁지만은 않았다. 영이와 세준이가 영혼결혼식을 올렸다는 소식을 나중에 들었다. 둘이 죽어서라도 함께한다는 사실이 조금은 위로가 되었다. 죽은 사람이라도 혼자보다는 둘이 낫다. 두 사람은 어쩌면 학교 다닐 때 어느 한쪽이 짝사랑을 한 사이였을지도 모른다. 소심한 영이가 누구를 좋아했는지는 모르지만 세준이는 영이를 좋아했을 수도 있지 않을까.

그렇게 충격적이던 친구들의 소식도 점점 잊히고 어느 정도 무감각해졌을 즈음 동창회를 한다는 문자를 받았지만 나는 한 번도 참석하지 않았다. 서울에 사는 내 마음이 힘들어 고향친구들까지 담을 여유가 없었다. 두 친구의 예상치 못한 죽음이 고향과의 거리 두기에 적잖은 영향을 끼치기도 했지만 서울에서 혼자 살아내는 동안 내 영혼도 많이 다쳤던 것 같다. 그 시절 나는 살아 있는 게 아니라 살기 위해 그저 버티고 있었는지도 모른다.

누구나 한번쯤 가까운 지인의 죽음을 경험하며 생과 사를 고민한다. 그러나 나는 자주 생각하는 편이다. 오늘도 나는 죽고 있다. 과거는 살아 있고 현재는 죽어가는 중이다.

우리는 행복하게 죽기 위해 열심히 사는 건가.
그런 삶의 끝에서 죽기 전에 깨닫게 되는 건 무엇일까.

오늘도 살아 있음에 감사의 말을 남겨보지만 먼저 떠난 친구들 생각이 불쑥 났다. 누구에게나 인생에 제한시간이 있다. 세상과 이별할 준비를 하고 있어야 한다. 그 시간이 오기 전에 우리는 얼마나 행복하고 재미있게 살 수 있을까. 여행을 시작할 때는 세계지도를 펼쳐놓고 어디로 갈지, 언제 떠날지 고민한다. 죽음에 대해서는 어떤 준비를 해야 할까. 인생도 죽음도 내가 준비해야 한다. 이 지구별에서 그저 이름 없는 존재로 사라질 것이 아니라 희망과 위로가 되는 여행자로 나는 남고 싶다.

보이스피싱과 여행

상쾌한 아침. 기분 좋게 일찍 출근했다. 9시부터 걸려오는 전화. 모르는 휴대폰 번호지만 책상에 앉기 전 전화부터 반갑게 받았다.

"지금 금융권에서는 정책자금으로 사업자 대출을 지원하고 있는데 상담 받아보시겠습니까?"

'오! 나라님께서 돈을 푸신다는 데 얼른 챙겨야지.' 하는 마음에 의심 없이 통화를 이어갔다. 그렇게 시작된 대화. 전화기 너머에서 말하는 대로 휴대폰 링크를 클릭, 클릭하다 보니 어느새 귀는 전화에, 눈은 화면에 온전히 몰입해 들어갔다. 뭐에라도 홀린 사람처럼.

코로라19 정책자금에 어마어마한 신청자가 몰리고 있다는 얘길 들었는데 아침부터 대출을 도와주겠다고 전화가 오니 감사하지 않을 수 없었다. 의심 없이 요청한 서류들을 보내고 신분증까지 문자로 전송했다. 코로나로 혼란한 이 시기에 '정책자금'이라는 한마디에 넘어가 예상치 못한 하루를 보내고 만 것이다.

살면서 '대환'이라는 단어를 쓸 일도 들을 일도 없는데 1332 네 자리가 찍힌 전화를 받아보니 금감원이라고 했다. 혹시나 해서 휴대폰을 귀에 댄 채 인터넷 검색을 해보니 금융감독원 번호가 1332 맞다. 단순하게도 그 순간 의심은 신뢰로 바뀌었다. 이때부터 수화기에서 들려오는 지시에 따라 대출 절차를 밟으며 오전을 보냈다. 그런데 다른 쪽에 대출이 있으면 일부를 상환하라는 전화가 다시 왔다. 그러면 금리가 낮아진다고 했다. 나는 이자를 좀 더 낮춰보려고 그들이 말해준 계좌로 송금을 하고야 말았다.

혹시나 해서 카드사 대표번호로 전화를 걸었다. 통화음이 울리면서 휴대폰 화면이 위아래로 나뉘었다. 이후 ARS 안내가 들리는데 귀에 거슬리는 잡음이 섞여 있었다. 이상하다는 생각을 잠시 했지만 멀쩡한 휴대폰 전원만 몇 번 껐다 켰을 뿐이다. 사실은 그때 의심을 했어야 했다. 그들은 다시 대출을 빠르고 안전하게 진행하기 위해서는 고객이 보증보험도 들어야 한다며 2차입금을 요구했다. 그럼 더 이상 진행하지 않겠다고 화를 내면서 전화를 끊었다. 그랬다가 만약 오늘 안에 대출이 정상적으로 진행된다면 은행이나 기관 방문 같은 부가적인 절차 없이 끝나는 것이니 조금만 더 참자는 생각에 2차 송금까지 완료했다. 그렇게 대출이 완료되기만 기다리는데 퇴근시간이 다 되어간다. "오늘 중에 대출이 처리되는 게 확실하죠?" "네. 은행 마감은 4시지만 저희는 6시 반까지 업무를 하니까 오늘 중에 꼭 대출이 완료됩니다."

그래도 내심 불안한 느낌이 들었지만 전화 걸면 꼬박꼬박 받고 문자에도 바로바로 대답하는 성실함에 참았다. 오후 6시 25분이 되자 담당자가 오늘은 아무래도 대출 진행이 힘들겠다며 내일아침에 출근해서 몇 가지 더 확인한 후 바로 처리하겠다고 말한다. 신뢰감 있는 목소리로 점잖게 고객에게 양해를 구하는 모습에 따지지도 못하고 전화를 끊었다. 그래, 난 하라는 대로 다 했으니까 내일까지만 기다리자.

조금은 가벼워진 마음으로 저녁을 먹으러 단골 분식집에 갔다. 주인이 잠시 외출했는지 휴대폰도 테이블에 두고 가게는 비어 있다. 기다리면서 뭘 먹을까 생각하다보니 '아니 왜 오늘까지 확실히 처리한다고 해놓고 내일로 미루지?' 하는 의심쩍은 마음이 들어 퇴근한 시간인 줄 알면서 담당자 휴대폰으로 다시 전화를 걸었다. "제가 불안해서 그러는데요, 혹시 오늘 송금한 게 문제 있는 건 아니죠? 아무래도 불안한데 내일 확실히 처리되는 게 맞나요?"이미 나는 그물에 걸린 고기였다. 그들은 수화기 너머에서 배를 잡고 웃었을 것이다. "고객님 전혀 문제없고요, 내일아침에 연락드리고 잘 마무리하겠습니다."

왠지 예감이 좋지 않았다. 주인 언니가 돌아오기도 전에 식당을 뛰쳐나가 길 건너 지구대로 갔다. "제가 아무래도 오늘 보이스피싱을 당한 것 같은데 여기서 도움 받을 수 있나요?""아뇨, 그런 사건은 가까운 경찰서로 가셔야 합니다." 10여 분 거리에 있는 경찰서 가는 길이 천릿길 같았다. 가슴이 마구 벌렁거린다. 이럴 수가! 정신 차리고 생각해보니 대한민국 나랏돈을 빌려 쓰는 게 이렇게 전화 한통화로 진행될 일이었나. 아니, 시간상으로도 이런 중대한 거래를 하루 만에 일사천리로 해결할 수 있는 일이었을까. 아! 잘못 걸렸다.

"이 시간에 어떻게 오셨습니까?"
"제가 아무래도 지금 보이스피싱을 당한 것 같은데 신고 좀 할 수 있을까요?"

담당자는 흥분해서 말도 더듬는 나를 일단 자리에 앉혔다. 나도 모르게 속사포처럼 튀어나오는 상황 설명에 앞 문장 일부만 듣고도 형사는 웃으며 말한다. "보이스피싱 맞습니다.""아니 왜 놀라지 않으세요. 이런 경우가 많아요?" "네, 매일 서너 명 이상 찾아오시고 저희 어머니는 아들이 형사인데도 당했으니 말 다했죠. 돈은 몇 시에 보내셨나요?""오전에 한 번 오후에 한 번, 총 두 번 보냈어요.""시간이 많이 지났네요. 돈은 입금 후에 바로 빼버리기 때문에 통장에는 이미 없을 거예요."

허탈했다. 내가 이렇게 정신이 모자란 사람이었나. 무슨 생각으로 의심도 없이 곧이곧대로 그들의 말을 믿었을까. 도대체 나 같은 사람이 어떻게 여태 살아온 거지? 그래도 아들이 경찰인데 같은 사고를 당했다는 어머니 생각에 잠시 위로가 되었다. 진술서를 작성하면서도 손이 떨린다. 도대체 이런 사건이 왜 나한테… 어찌할 바를 몰라 멍하니 허공을 올려다보고 있으니 형사는 그나마 금액이 크지 않아서 다행이란다. 최근 접수한 사건 중에 최대 4억 넘게 송금한 사람도 있다고 했다. 억대 사기보다는 덜하지만 나에게는 소중한 돈이다. 일 년 치 피땀 흘린 내 여행 자산이었으니까. 찬란하게 세운 여행 계획이 단박에 무너졌다.

나는 자동차와 주택에는 관심이 없다. 브랜드도 잘 모르지만 명품을 사는 데 돈을 쓰지 않는다. 패션은 스타일을 따지긴 하지만 유행을 모른다. 괜히 이동하기 불편하게 여행 중에는 멋도 안 낸다. 그러나 여행 자체를 위해서는 아낌없이 시간과 돈을 쓴다. 그렇게 오랫동안 혼자 지구별 보물찾기를 하듯 여행놀이를 하면서 살았다. 그리고 오늘 나는 일 년 치 여행 경비를 한방에 날렸다.

당분간 나에게 여행은 없다.
모아둔 자금이 날아갔다.
당분간 나는 날지 못한다.

멍하니 앉아 있지만 아무것도 눈에 들어오지 않는다. 돌아가는 길에 친구에게 전화를 걸었다. "나 보이스피싱 당한 것 같아." "아니 왜? 이런 시국에 보낼 돈이라도 있었네. 도대체 그걸 의심도 못하고 보냈단 말이야? 바보같이." 전화로 두 번 죽는 하루다.

자다가 새벽에 벌떡 일어났다. 목소리가 착해 보였던 청년이 반가운 목소리로 "대출이 완료되었습니다."라며 전화를 해올 것 같았다. 다시 한 번 어제 주고받은 문자와 통화기록을 살펴보았다. 이 새벽에 혹시나, 해서 버튼도 눌러본다. 신호는 간다. 그런데 뭔가 이상하다. 분명히 카드사 콜센터 번호인데 전화가 걸리면서 화면이 또 이중분할된다. 불안해서 캡처해두려고 버튼을 눌러도 작동이 안 된다.

내 휴대폰에 뭔가 묘한 장치가 걸려 있는 게 분명하다.

순간 휴대폰 메뉴를 자세히 보았다. 낮에는 보이지 않던 모르는 은행 로고가 좌측 상단에서 반짝거렸다. '이 은행은 내가 거래도 안 하는데 왜 앱이 깔려 있지?' 클릭해보니 유효기간이 지난 나의 인증서가 열렸다. 이건 뭐지. 아무리 생각해도 이상했다. 미심쩍은 마음에 어제 사건을 접수한 형사한테 문자를 보냈다.

'제 생각에는 오늘 또 전화가 올 것 같은데 아침에 경찰서로 가서 그 전화를 같이 받으면서 수사에 도움을 드려도 될까요?' '아마 전화는 안 올 겁니다. 그 전에 혹시 모르는 앱 깔린 게 있는지 확인하고 그것부터 삭제하세요.' 그렇구나! 이 사건의 단서를 제공한 게 이 앱이었구나. 바로 파란색 은행 앱을 삭제했다. 그리고 다시 통화 버튼을 눌러보니 조금 전과는 다르게 정상 화면이 뜬다. 아, 허탈했다. 제대로 걸린 것이다.

휘청거리는 마음으로 길을 나선다. 예정된 점심 약속을 일찌감치 취소하고 마음의 여유를 찾으려고 애쓴다. 나름 잘 버틴다고 하는데 일그러진 표정은 숨길 수가 없다. 오늘 정해진 모든 약속을 취소하고 경찰서에 죽치고 앉아 사건이 해결되기만을 기다리고 싶다. 형사는 눈치를 챘는지 이제 끝났으니 나가보시라고 한다. 접수된 확인 서류를 들고 송금한 은행으로 가니 은행 직원도 당황한다. 이런 사건이 자주 있는 일은 아니라 접수하는 데 오래 걸리니 볼일 먼저 보시라고 한다. 모두 바쁘고 아무렇지도 않다. 나는 (마음은) 바쁘지만 (몸이) 한가하다.

밤잠 줄여가며 열심히 사는 이유가 여행 때문인데, 이런 일을 당하고 나니 여행에 대한 의욕도 사라진다. 오늘 같은 날은 어디 카페 구석에 처박혀 술이나 한잔 마시며 마구 괴로워하고 싶다. 한숨만 나온다. 세상을 이렇게 몰랐던가. 이런 사기도 당해봤으니 이제 어른이 된 걸까. 조용히 푸른 하늘을 올려다보니 그냥 내 갈 길이 보인다. 오늘도 만나야 할 사람들이 있고 해야 할 다른 이야기가 기다리고 있다.

마음은 서울 지하철을 뱅뱅 돌면서 밖으로 나가고 싶지 않지만 전철로 서울 딱 반 바퀴를 돌고나니 정신이 제자리로 온다. 머리는 열 받고 몸은 피곤하나 잠이 온다. 졸다가 자다가 하면서 복잡한 마음을 재운다. 심하게 흔들거리는 느낌에 눈을 뜨니 전철이 한강 위를 지나가고 있다. 안개가 낀 건지 내 기분 탓인지 밖이 뿌옇다. 어제까지 베를린 같던 서울이 파리 날씨처럼 우중충하다. 전철로 만나던 도시 여행 감성은 어디 가고 괜히 날씨 탓을 한다.

'오늘 날씨 왜 이래.'

목적지에서 내려 계단을 오르면서 다시 생각한다. 왜 이런 일이 일어났을까. 세상에 그냥 생기는 일은 없다. 모든 일은 운명이고 하늘이 상황을 만드는 것이다. 나의 현재는 완벽했다. 더 부지런하게 살아야 하는데 잠시 게으른 욕심을 낸 것이 화근이었을까. 진심으로 솔직하지 않고 정직하지 않아서 생긴 일이다. 자신을 바라봐야 하지만 도시여행자는 하늘만 본다. 멀리 날아간 나의 여행티켓이 비웃고 있다.

3월인데 유난히 바람이 차다. 아직 꽃샘추위인가. 공기도 차고 손도 시리다. 뜨겁고 달달한 카페라떼 한 잔을 들고 창문을 연다. 어머나, 눈이 오네. 갑자기 웬 눈? 괜히 기분이 좋아진다. 단순한 여행자는 혼자 웃는다. 이런 날씨 기뻐해야 하나, 이런 기분 슬퍼해야 하나. 그렇게 서울의 오후는 쌓이지도 않을 거면서 기분 좋게 하얀 눈이 내린다. 찬바람에 흩날리는 눈을 보니 나의 일 년 치 여행시간이 눈가루처럼 사라지는 게 보이는 듯하다.

고마워 미안해 사랑해

"곧 영업 끝나는 거 아는데

혹시 이 드라마를 보고 가도 될까요?"

일요일 저녁 8시 반에 영업이 끝나는데 갈까 말까 망설
이다 7시에 들어간 대중목욕탕. 한 시간 동안 냉탕과 온탕
을 왔다 갔다 하면 내 볼일은 끝난다. 옷을 챙겨 입고 나오
니 8시다. 아직 닫으려면 30분 남았다. 오랜만에 찾은 목욕
탕이라 주변을 둘러본다. 휴식공간으로 입구에 편백실이
보인다. 후끈한 공간에서 편백나무 향과 함께 뜨거운 돌바
닥이 내 발목을 붙잡는다. 손님들이 거의 빠진 시간이라 이
넓은 편백실 전체가 내 차지다.

그때 때밀이 아줌마가 텔레비전을 켠다. 내가 주말마
다 인터넷으로 검색해서 보던 드라마가 시작한다. 스마트
폰 작은 화면으로 보다가 60인치가 넘는 텔레비전으로 보
니 마치 영화 같다. 일요일 저녁에 개운하게 목욕도 끝내고

아쉬울 것 없는 시간이다. 안 그래도 다음 스토리가 궁금하던 차였는데 오늘은 본방사수를 할 수 있겠다 싶어 자리를 잡고 앉는다. 화면을 보는데 배우들 피부는 어쩜 저리 윤이 나는지. 주부 역할이나 회장님 역할이나 모두 빛이 나는 얼굴들. 화장의 힘일까, 피부 관리 덕일까?

내가 처음 화장을 한 것은 고 3때다. 대학입시도 끝나고 해서 학교에서 선처를 베풀듯 여고생들을 위해 기초화장 전문 강사를 초청해 특강을 진행한 적이 있다. 선생님께서 "오늘 행사에서 화장 모델 할 사람 손 들어봐." 했을 때 주저 없이 용감하게 튀어나갔다. 이럴 때는 동작이 빨라야 원하는 걸 얻을 수 있다.

무대 중앙에 앉으니 메이크업 강사가 이런저런 설명을 하면서 내 얼굴에 화장품을 바른다. 여고생들 모두 그녀의 손놀림을 지켜보고 있다. 의자에 앉은 나는 내 얼굴을 볼 수 없기 때문에 상상만 하며 얌전히 모델 역할에 충실했다. 그리고 그 순간에도 머릿속에서 떠나지 않는 생각 하나.

진짜 내 얼굴도 화장하면 예뻐질까?

얼굴 광대는 튀어나왔고 피부는 시골아낙처럼 검다. 뺨에 주근깨도 많아서 별명이 삐삐다. 이마는 좁은데 눈썹까지 없어서 볼품없다. 이런 나도 변신할 수 있을까?

"자 이제 화장 끝났어요. 모두들 여길 봐주세요. 얼굴이 어떻게 달라졌나요?" 조마조마한 심정으로 비포, 애프터에 대한 평가를 기다린다. "와! 예뻐요. 화장 하나로 사람 얼굴이 이렇게 바뀔 수도 있네요." 반 친구들은 그녀의 실력에 열광했고 그제야 나도 웃었다. 그래? 예쁘다고?

여고라서 보여줄 남학생도 없는 탓에 나는 교무실로 뛰어갔다. 평소 나를 못난이라고 부르는 담임선생님께 제일 먼저 내 얼굴을 보여주고 싶었다. "선생님, 저 좀 봐주세요." "어, 이게 누구야. 아무리 대입시험 끝났어도 누가 학교에 화장하고 오래." "아니에요, 오늘 기초화장법 특강에 제가 모델로 지원해서 화장 받은 거예요." "오, 너도 화장하니까 예쁘네. 이거 완전히 딴 사람인 걸. 대학 가면 앞으로 화장하고 다녀라."

담임선생님은 반에서도 모태미인이나 피부가 하얀 여학생을 대놓고 좋아했다. 선생님 반응에 나는 화장한 예쁜 얼굴로 통쾌하게 복수를 한 느낌마저 들어 살짝 미소를 지으며 말했다. "선생님, 여자들이란 화장하면 다 예뻐진다고요. 앞으로 얼굴 가지고 너무 차별하지 마세요."

말괄량이 여학생의 변신은 무죄였다. 그 시절 학생들은 피부를 하얗게 해주는 비비크림조차 바를 수 없었기 때문에 내가 3년간 생얼로 다닌 고등학교에 대한 추억은 별로 없다. 고3 졸업을 앞두고 처음으로 검고 주근깨 많은 내 얼굴도 화장하면 예뻐질 수 있다는 사실에 스스로 큰 감동을 받았다.

그런 생각을 하며 사는 사람인데, 안 그래도 예쁜 배우들이 전문가 메이크업을 받아 텔레비전에 나오니 얼마나 아름답게 보일 텐가. 평소 눈여겨보지 않던 얼굴인데 화장 때문인지 한 배우의 이목구비와 색조의 조화가 시선을 사로잡았다. '피부가 장난이 아닌 걸. 저 립스틱 정말 잘 어울리네. 오늘 볼터치도 자연스러운 걸.' 화면을 채운 배우의 얼굴이 성형인지 모태미인인지는 모르지만 메이크업이 정말 자연스러웠다. 그녀 앞에 앉은 남자도 근사하다. 그렇게 드라마 내용보다 여인들의 화장법에 집중하고 있는데 갑자기 남자의 대사가 귀에 꽂혔다.

"고마워. 미안해. 사랑해."

남자는 작년 여자 생일에 헤어지자고 말했고 여자는 울면서 떠났다. 그리고 오늘은 남자 생일인데 여자가 복수를 한다며 장난으로 똑같이 헤어지자고 말한다. 그때 남자가 당황하며 일어나 그녀 앞에 무릎을 꿇고서 하는 말이다.

'그래 고마운 일이지. 힘들 때 옆에 있어준 사람인데 감사하며 살아야지. 당연히 미안해야지. 헤어질 날도 많은데 왜 하필 여자 생일날에 이별 선포를 한 거야? 남자들은 이렇게나 어리석다. 그럼에도 불구하고 둘이 사랑하니까 잘됐네. 보기 좋다.' 드라마에 제대로 과몰입됐다.

어쩌면 우리의 삶은 사랑을 하기 위해서 하루하루 진행되고 있는 건지도 모르겠다는 생각이 든다. 연애를 하는 남녀 사이지만 사귀면서 사랑한다는 말을 나누지 않는 커플도 많다. 데이트를 하지만 고맙다는 말을 하지 않는 연인도 있다. 약속시간에 늦어도 미안하다고 말하지 않는 남녀도 있다. 우리는 살아가면서 얼마나 많은 필수언어를 무시하고 넘어가는가.

뜨뜻한 돌바닥에 누워서 비스듬한 눈으로 드라마를 보다가 그 대사 하나에 놀라 벌떡 일어나 앉았다. 그것은 내가 듣고 싶은 말이고 하고 싶은 말이었다. 세 단어를 연속해서 듣는데 엉덩이의 뜨끈한 온도만큼이나 가슴이 찡했다. 나의 하루도 누군가에게 매일매일 고맙고 미안하고 사랑스러웠으면 좋겠다.

갑자기 눈물이 찡 나온다. 실내가 더워서 땀이 나는 건가? 대리석으로 된 편백실 방바닥이 뜨거운 건 사실이지만 엉덩이의 온도와 눈물의 온도는 다르다. 드라마에서 남자 배우의 한마디에 내 가슴이 다 찌릿하고 눈시울이 뜨거워지다니. 뜨거운 욕탕에서 보낸 한 시간보다 편백실 휴게

실에서 보낸 한 시간의 감정 온도가 더 높아졌다. 아름다운
대사는 백만 송이 장미가 되어 사방으로 흩어진다.

나도 이제 누군가에게 고마움을 전하고 싶다.

미안함을 말하고 싶다.

사랑하는 사람이고 싶다.

어떻게 정리할지 몰라서

건물에 가려진 햇살은 오후가 되어서야 카페 창가를 비춘다. 따스하다 생각하며 모닝커피를 마시기엔 이미 늦은 오후 1시. 자연광이 들어오는 나의 카페에 음악이 흐른다. 세상은 고요하고 음악은 혼자 소리를 낸다.

"뭐가 이렇게 많아요? 직업이 혹시 여행가? 이렇게 꾸미려면 몇 개국을 여행한 거예요?"

이대역 뒷골목에 숨겨진 나의 사무실 한 칸이 치유와 정화를 위한 여행자의 공간으로 변신중이다. 커피를 팔 때도, 팔지 않을 때도 이곳은 나의 여행 공간이었다. 밖에서 보면 그냥 커피숍인데 안으로 들어오면 여행테마카페다. 여행 중에 잠깐 들르는 휴게소 같은 라운지다.

카페 여기저기 빼곡히 놓인 장식물들이 이곳 주인의 취미이자 직업을 말해준다. 한동안 혼자 쓰던 공간을 여행자들과 공유하기 위해 꾸미고 있는데 어디에서부터 시작해야 할지 모르겠다. 나는 물건을 잘 버리지 못한다. 여행 가서 옷과 신발은 다 버리고 오지만 여행의 흔적이 담긴 물건은 잘 버리지 못한다. 그렇게 모으고 모은 장식품이 너무 많아서 이제 내보내야 한다.

"어머! 이런 것도 사가지고 오세요?" "여행하기도 바쁜데 이런 건 언제 구입하나요?" 그렇다. 나는 여행하는 수집광이다. 그 지역의 역사는 대충 보아도 물건은 자세히 본다. 수집을 통해 나는 여행을 모은다. 길에서 추억을 줍는다. 어느 것 하나 어느 순간도 버릴 게 없는 여행이다. 꼭 기념품을 간판 걸린 상점에서 사야 할까? 모든 물건에는 그만의 에너지가 있다. 나는 그 에너지를 잘 찾아내는 노련한 여행자다.

물건을 픽한 장소를 생각하면서 여행 지도를 다시 그린다. 어디라도 빈 공간이 있으면 나의 기억을 걸어둔다. 공간이 없으면 고리에 걸거나 상자에 쌓아둔다. 이제 그 모든 기억을 비우듯 카페 물건들을 정리해야 한다.

"공간에 비해 사진이 너무 많아요. 이쪽 벽에는 두 개만 걸고 저쪽 벽에는 세 개 다 내리고, 중앙 선반엔 한 개만 두면 여백이 생겨서 좋겠어요."

내 공간에서 이래라저래라 아무 말도 꺼내지 못하게 하

던 시절이 있었다. 내용도 모르고 물건에 대해 언급하는 자체가 나를 향해 공격의 화살을 쏘는 것처럼 느껴졌다. 이제는 그런 말도 편히 받아들인다. 어차피 다 정리하려 마음먹은 것들이다. 지난 여행의 시간을 정리하듯 먼지만 쌓여가는 물건들도 편안히 정리할 때가 되었다.

따스한 햇살이 비치는 오후, 나는 시원한 아이스커피로 목젖을 적시고 있다. 순간, 시선이 하얀 벽에 걸린 사진에 꽂힌다. 카페에 걸린 사진의 장소들은 모두 독일이다. 사람들은 사진을 보며 '여긴 어디예요? 저긴 어디예요?' 하고 묻는데 나는 그냥 유럽이라고 답한다.

세계 여행자들을 통해 나도 많이 배웠는데, 특히 독일에서 배운 게 많다. 일할 때는 열정적이고 결과도 늘 만족스러웠다. 그 아름다운 시간을 담고 있는 사진들까지 이제 흔적 없이 비워내려 한다. 여행 후 남는 것은 사진밖에 없다고들 하는데 그렇지 않다. 이곳에 걸린 것은 그냥 사진이 아니라 나의 애틋했던 한 시절이다. 사진을 버린다고 나의 과거와 현재를 잇는 추억들이 잊힐 리 만무하다.

카페 공간을 채우기 위해 잔뜩 진열해놓은 장식물들처럼 나는 많이 꾸미고 치장된 삶을 살았다. 액세서리처럼 많은 것을 여기저기 걸치고 다닌 여행자였다. 그렇게 요란하지 않으면 내가 보이지 않는다고 생각했기 때문일까? 심하게 나를 채워 세상에 밀어 넣고 있었다. 마치 그 속에서 영원히 존재할 것처럼.

처음 이 공간을 마련했을 때는 내 기록물이 하나라도 보이지 않으면 허전했다. 그래서 해가 들어오는 창문에도 여행 사진을 햇살에 말리는 옷처럼 걸어두었다. 이제 나는 빛바랜 사진 너머로 투명한 유리를 본다. 현재는 유리처럼 불안하고 과거는 먼지처럼 흐릿해졌다.

사진으로 가득 찬 벽이 독일에 대한 기억이라면 기념품으로 채워진 장식장은 나의 세계여행 창고다. 유럽에 처음 갔을 때 구입한 물건과 10년 뒤 가고 또 가면서 사온 물건이 다르다. 여행의 취향이 바뀐 것이다. 멀리 떠나지 않아도 사방에 진열된 물건들로 나는 매일 세계여행을 다시 할 수 있다. 유럽 동서남북을 나침반 없이 여행하고 지구본을 돌리듯 카페를 한 바퀴를 돌면 나의 세계 일주는 끝난다. 그러나 이제 그 모두를 버린다. 드디어 오늘에서야 큰 맘 먹고 벼르던 대청소를 시작한다.

그림 같은 스위스 엽서도 쓰레기봉투로 던지고 프랑스 노트르담 성당도 찢어버린다. 몽고메리 소설의 배경지인 캐나다 프린스에드워드 섬에서 픽한 빨강머리 앤은 아직 포장 리본도 풀지 않은 채로 있다. 아, 저건 내가 모젤강변

을 따라 여행하다가 방문한 와이너리에서 구입한 건데. 아,
저건 캘리포니아 와인농장에서 산 오크통인데….

오래 바라볼 뿐,

결국 아무것도 버리지 못하는 나.

깨끗한 테이블에 버려도 좋은 여행들이 다시 쌓이고 있
다. 편의점에서 50리터 쓰레기봉투를 한 개만 산 이유도
많이 버릴 자신이 없었기 때문이다. 한 봉지는 채우겠지 생
각했는데 입 벌린 쓰레기봉투에 담을 것이 없다. 다시 정리
를 시작한다. 미국 뉴욕에서 가져온 자유의 여신상을 버린
다. 캐나다 로키의 흔적도 몇 개 구겨 넣는다. 스페인 지평
선을 수놓던 노란 해바라기를 연상시키는 조화도 이제 버
리자. 하와이를 떠올리게 하는 알로하 꽃다발도 던져버리
자. 쓰레기봉투가 차면 내 마음은 비워진다. 아, 버리는 게
이렇게 힘들 줄이야.

오후 내내 달콤한 커피를 마시며 카페를 청소하고 있
지만 정리가 잘 되지 않는다. 방향만 여기에서 저기로 이동할
뿐, 물건들이 거의 그대로 있다. '어디 사우나라도 가서 내
몸부터 구석구석 씻고 와야 하나. 이 공간을 싹 씻어내려면
어떻게 해야 하지?' 아프리카 사파리투어에서 먼지를 뒤집

어 쓴 사람처럼 머리가 부옇게 어지럽다.

　잠시 화장실을 다녀오다가 미국에서 픽한 성냥을 찾았다. 성냥을 보면 초를 켜고 싶다. 유럽의 성당에서 켜는 하얀 초를 서랍에서 꺼낸다. 초를 켜고 램프 위에 물을 붓는다. 물에 살짝 이집트에서 사온 오일을 떨어뜨린다. 나의 카페에는 이렇게나 많은 세계가 모여 있다. 이집트를 20년 전에 여행했으니까 이 오일은 20년이 지난 향기를 발산하고 있다. 오래된 여행을 오일 하나로 다시 불러낸다. 향기나는 연기가 내 몸을 감싼다.

　취한다. 술이 아니어도 향기에, 오래된 여행의 기억에 취해버린다. 촛불이 다 타면 오일처럼 나의 시간도 모두 태워질 것이다. 타고 있는 향초처럼 나는 지금 카페에서 시간만 태우고 있다.

　'그래, 청소는 내일 다시 시작해도 되니까.'

나를 위한 살아보기

토요일에 이어 일요일까지 집콕을 하는 건 내게 흔한 일이 아니다. 서울에 있을 때는 주말이나 공휴일이라도 한 번은 이대역·카페에 나가는데 이번 주말은 하루 세끼 다 집에서 챙겨 먹으며 외출을 안 했다. 내가 지금 멍해지고 있는지 차분해지고 있는지 생각해본다.

아침에 일부러 늦잠을 청해보지만 아무리 자도 10시가 넘으면 정신이 깨고 12시 전에는 기운이 없어도 한 끼 챙겨먹기 위해 일어난다. 다시 누워도 오후 2시가 넘어가면 허리가 아파서 일어나지 않을 수 없다. 과연 내가 이런 공간에서 혼자 얼마나 버틸 수 있을까. 나란 사람은 조용하게 혼자 있는 걸 좋아하는 줄 알았다. 그래서 여행도 거의 혼자만 다녔는데 이 기분은 뭐지?

솔직히 한 공간에 가만히 있는 나를 보는 게 힘들다. 나 혼자 노는 게 쉽지 않다. 몇 가지 스트레칭 동작과 치유음악으로 명상을 해보지만 세 시간 이상 버티기가 힘들다. 집에는 스마트폰을 제외하면 텔레비전도 없고 컴퓨터도 없다. 그래서인지 그렇게 바깥이 궁금하다. 길 건너 영화관에는 오늘 무슨 포스터가 나붙었을지 궁금하다. 오후엔 혼자 영화라도 보러 갈까?

행복은 외부가 아닌 자기 내면에서 찾아야 하고, 여행도 결국 자기 내면의 행복을 만나러 가는 것이다. 그런데 내 관심은 온통 외부에 쏠려 있다. 안에 있어도 밖이 그립다. 정적인 공간에 혼자 있는 게 이렇게 힘들 줄이야.

'이렇게 주말 이틀도 가만히 있지 못하는데 한곳에서 한 달 살기를 한다고?'

갑자기 나의 모순을 발견한다. 여행 가서도 한곳에서 1박은 짧고 2박은 적당하고 3박은 지루하다고 느끼는 나다. 생각해보니 내 여행 패턴은 한곳에 오래 머물지를 못했다. '여행을 떠나다'와 '한곳에 머물다'는 전혀 다르다. 난 그동안 이동하는 여행자였지 체류자는 아니었다.

나의 여행은 항상 길에서 이동중이었고 정적인 여행보다는 동적인 여행을 즐겼다. 유명 관광지를 돌아다니며 사진 찍는 여행은 좋아하지 않는다. 이미 가본 적이 있는 곳을 다시 가는 건 흥미가 없다. 그랬던 진짜 이유가 장소에 대한 지루함과 사람에 대한 불편함 때문은 아니었을까? 세상에는 많은 여행자가 있지만 나는 언제나 군중의 옷깃만 스치고 다녔다. 여행자로 다닐 때와 달리 거주자로 있는 공간에서는 이유가 없으면 외출조차 안 하는 이런 시간에, 나는 새삼 나에게 숨이 막힌다.

머무는 장소가 거주하는 나의 집이 아니라 타인의 공간이라면 다를까? 여기가 아닌 그곳이라는 이유로 한 달 살기의 의미가 달라질까?

주중에 당일치기로 국내여행만 다녀와도 하루가 자유롭다고 느낀다. 일상 공간인 집과 사무실에서 잠시만 벗어나도 내겐 여행이 된다. 그래서 이런 한 달 살기를 상상해본 적이 있다. 엄마가 있는 시골집에서 해볼까. (화장실과 샤워공간이 불편하다.) 지인의 게스트하우스에서 보낼까. (아는 사람과 매일 마주치고 싶지 않다.) 정작 하지 못한 더 명료한 이유가 있다. 무엇보다 내가 다른 곳에서 한 달 살기를 위해 필요한 준비가 귀찮다.

가짜인 나를 벗고 진짜인 나를 만나려면 혼자만의 시간과 공간이 필요하다. 그래서 여행도 가고 글도 쓰는 것이다. 여행은 떠난다는 의미에서 보면 이동이고, 머문다는 의미에서 보면 공간이다.

오래전부터 한 달 살기가 유행했다. 제주도가 가장 뜨

겹게 관심 받던 시절이 있었다. 처음에는 제주도라서 그럴 수 있겠구나 생각했다. 아이슬란드를 가서야 나도 한 달 살기를 할 수 있을 것 같았으니까.

아이슬란드를 여행하면서 처음으로 '길'이라는 방향과 '숙소'라는 공간의 의미를 이해하게 되었다. 일행들과 차를 타고 섬 하나를 일주일 이상 달렸지만 그런 스피디한 여행은 내게 무의미하다는 걸 깨달았다. 아이슬란드여행의 장점은 1번국도인 링로드Ring Road를 따라 섬을 한 바퀴 일주하면 지구촌의 거의 모든 풍경을 만날 수 있다는 점이다. 이동을 하면 할수록 새로운 풍경이 펼쳐져 지루할 새가 없다. 그래서 도로를 따라 달리는 행위 자체가 여행이 된다.

아이슬란드에서는 섬 구석구석에 숨겨진 폭포를 만나고 바다를 보고 호수를 만나는 것이 정말로 큰 감동으로 다가온다. 우리는 그런 멋진 풍광 속에서 사진 한 컷을 건지고 더 좋은 그림을 찾아내기 위해 얼마나 열심히 질주했는지 모른다. 그러나 내가 생각하는 여행과 친구들이 생각하는 여행은 달랐다. 그리고 알았다. 모든 여행은 자기 마음에서부터 시작되는데 나는 내내 외부에서만 그 결과를 찾고 있었다.

아이슬란드여행이 끝나갈 무렵, 밀려오는 허전함에 어떤 바다와 멋진 풍광을 보아도 전혀 기쁘지 않았다. 이렇게 마음이 무거워지는 건 무엇 때문일까. 나는 행복해지기 위해 여행을 왔고 이 아름답고 평화로운 섬에서 세상 멋진 풍경들을 매일 갱신하듯 만나고 있다. 그런데 왜 자꾸 허전해지는 걸까. 나의 진정한 행복은 어디에서 오는 걸까.

나의 여행이 처음으로 부끄러웠다.

스스로 부끄러운 여행자라는 생각이 들 때 지구별은 새로운 길을 내주었다. 처음 아이슬란드를 여행지로 선택했을 때는 내가 꼭 가고 싶었던 게 아니었다. 주변에 여행 좋아한다는 사람들이 가장 가고 싶어 하는 나라였기에 나도 한 번은 다녀와야겠다는 생각으로 따라나섰다. 그렇게 간 여행이 뜻밖에도 인생에 세 번째 터닝포인트(인도-독일-아이슬란드)가 되어주었다.

아이슬란드는 무엇보다 내 여행의 의미를 알게 해준 나라다. 일주일 동안 섬 한 바퀴를 도는 데 필요한 여행자들의 센스와 준비는 완벽했다. 그러나 아무리 여행 좋아하는 사람들과 다녀도 준비의 미흡함은 드러나게 마련이고 서로 불편한 시간들이 있었다. 덕분에 그때의 아쉬움을 간직한 채 겨울 오로라를 보기 위해 다시 아이슬란드로 가는 배낭을 꾸렸다. 그리고 유럽의 아름다운 화산섬에서 한국의 화산섬 제주도를 떠올린 것이 내 여행의 끝 장면이 되었다.

지금 나는 새로운 시작을 위해 글을 쓰고 있다. 내면이 아닌 외부에서 쾌락과 즐거움을 좇아 떠났던 나의 여행은 이제 끝났다. 세계 일주를 꿈꾸는 많은 여행자가 같은 곳을 두세 번 가기보다 새로운 곳을 자꾸 찾아다니는 이유도 그런 자극에 있을 것이다. 나 역시 방문국가 숫자를 세는 데 목적을 두고 세상의 많은 길에서 헤매보았다. 그리고 그곳, 아이슬란드에서 내가 그토록 걸어 다니며 눈에 담았던 지구촌의 거의 모든 풍경이 압축적으로 펼쳐져 있다는 사실을 발견하고는 이제 그만 여행을 내려놓기로 했다.

이전까지는 내가 한 달쯤 머물고 싶다고 생각한 도시가 지구에 없었다. 그러나 아이슬란드를 일주하면서 지평선에 가만히 올려진 그림 같은 집들을 바라보며 이런 곳이라면 한 달 살기를 해도 좋겠다는 생각이 처음으로 들었다. 그런 영향일까. 아이슬란드에서 귀국한 나는 시골 조용한 곳으로 혼자 머물 만한 장소를 찾기 시작했다. 한마디로 여행자의 귀향이다.

아이슬란드에서 제주도를 떠올린 내가 더 이상 남의 바다를 찾아갈 이유가 없다. 바다는 이제 제주 하나로 충분하다. 그리고 나를 위해 더 필요한 풍경은 산과 들이다. 조용히 나를 바라볼 수 있는 공간과 자연이 친구처럼 가까운 곳이면 된다. 바깥세상이 궁금할 때 햇살 가득한 창문을 열면 멀리 둥글둥글 부드러운 초록 산이 보이면 좋겠다. 어두운 밤에는 창문 너머로 개구리 소리 귀뚜라미 소리가 들리고, 아침에 일어나면 바람 소리에 지저귀는 새소리가 함께 들리면 더욱 좋겠다.

너무 멀리 가지 말고 가까이에서 나를 바라보자.
외부로만 향하던 시선을 이제 나의 내면으로 돌려보자.

앞으로 나의 여행은 여권도 필요 없고 캐리어도 필요 없는 나의 집으로 가는 것이다. 문을 열고 들어가는 순간, 내 집은 나를 위한 게스트하우스가 된다. 냇물이 보이고 산과 들이 가까이 펼쳐진 곳에서 찾아낸 나의 집은 주말 살기도, 한 달 살기도 아닌 그저 나를 위해 살아볼 공간이자 나를 치유하는 힐링 스페이스가 될 것이다.

아침부터 닫힌 창문에서 답답함이 느껴진다.

억지로 열어 제친 틈으로 자유가 들어온다.

내가 견딜 수 있는 답답함은 어디까지인가.

내가 누릴 수 있는 자유는 얼마만큼인가.

아무도 가지 않는 길을 걸어가는 여행자가 있다.

불편하고 힘들어도 묵묵히 걷는 여행자가 있다.

낯선 길은 차라리 낫다. 나도 몰라서 가는 거니까.

알려진 길에는 걱정이 앞선다. 나만 모르고 가니까.

왜 떠나세요?

어디로 가는가는 정말 중요하지 않다.

무엇을 보러 가는가도 이제 의미 없다.

창문을 열 듯 마음만 열어도 여행이다.

가슴을 닫고 세상을 보는데 무엇인들 보이겠는가.

감각이 열리면 현재의 고통은 치유될 것이다.

사람을 만나서 마음이 통하면 그게 힐링이다.

새로운 감각도 없고 새로운 세계도 없는 곳.

그러나 새로운 나를 만나는 시간이 여행이다.

Happy Travel!

올해도 몇 군데 생각한 여행지가 있었고 얼리버드 숙소까지 예약해 두었는데 보이스피싱으로 여행 경비를 어처구니없이 날리는 바람에 당분간 여행을 떠나지 못하게 됐다. 내가 지혜롭지 못해 일어난 일이지만 억울한 마음에 힘든 시간을 보냈다. 여행을 가지는 못하지만 매일 글을 쓰면서 스스로를 위로하듯 여행 같은 일상을 만들어갔다.

아날로그 여행자인 나는 '꼰대'라고 하는 이 시대 단어가 잘 어울리는 사람이다. 빠르게 변화하는 온라인 세상에서 소통할 공간조차 갖지 않은 폐쇄된 디지털 낙오자다. 그러나 세상 돌아가는 흐름을 따라가지는 못해도 여행으로 쌓은 디딤돌을 인생의 훈장처럼 수시로 꺼내볼 수는 있다.

돌아보니 나에게 여행은 내면의 허기를 채우기 위한 발버둥의 시간이었는지도 모르겠다. 힘든 '현재'로부터 나를 건져 올려 '미래'로 데리고 떠날 수밖에 없었다.

그러나 이제 안다.
진짜 여행은 '내 안'으로 들어가는 것이다.

내면에서 올라오는 불편한 감정을 회피하려고 당장의 순간으로부터 달아난다고 해서 다른 공간에서 편안해질 수 없다. 그것은 잠시 낯선 시공간이 주는 착각이다. 조용한 절망의 시간이 될지라도, 내면의 사나운 폭풍우는 내가 잠재워야 한다.

무언가를 끊임없이 갈구하면서 만족할 줄 몰랐던 나의 에고는 반복되는 여행으로 삶에 공허감만 누적되고 있었다. 물론 그 모두가 그때의 나에게는 절실해서 떠난 여행이었지만.

이제 나에게 여행이란? 인생을 변화시키는 연료다. 세상에 대한 내 경험의 진실함은 영혼이 알고 내 삶이 그 결과를 보여줄 것이다. 참으로 긴 여행이었다. 이제 나에게 고요한 공간과 오직 나만을 위한 소소한 시간들을 허락해 주자. 행복을 찾아 멀리 세상을 떠돌던 파랑새는 스스로 새장 속으로 돌아왔고, 새장 안은 자신을 변화시킬 수 있는 선물들로 가득 차 있다. 이제 이유 없는 세계여행은 끝났고 나의 진짜 여행이 시작되고 있다.

저와 함께한 작은 여행을 통해

당신의 가슴에 큰 사랑이 채워졌기를 바랍니다.

여행 없는 여행

초판 1쇄 발행 2020년 6월 30일

지은이　　　마고캐런
펴낸이　　　박희선
디자인　　　디자인 잔
표지사진　　christopher hainey
본문사진　　shutterstock, pixabay

발행처　　　도서출판 가지
등록번호　　제25100-2013-000094호
주소　　　　서울 서대문구 거북골로 154, 103-1001
전화　　　　070-8959-1513
팩스　　　　070-4332-1513
이메일　　　kindsbook@naver.com
블로그　　　blog.naver.com/kindsbook
페이스북　　facebook.com/kindsbook
인스타그램　instagram.com/kindsbook

ISBN　　　　　979-11-86440-57-5 (03810)

도서출판가지 출간도서